集英社オレンジ文庫

十番様の縁結び 5

神在花嫁綺譚

東堂　燦

本書は書き下ろしです。

目次

登場人物紹介

十織家《どおりけ》

織物が盛んな街、花絲《はないと》の領主である一族。
はるか昔――国生みの時に生まれた神々を始祖とし、
未だ所有する一族＝「神在《かみあり》」でもある。
その中でも、縁を結び縁を切る神、十番様を有する。

◆終也《しゅうや》
十織家の若き当主。幽閉されていた真緒を見初め、救い出し妻とした。

◆真緒《まお》
街一番の機織り上手。
幽閉され、虐げられていたものの…まっすぐな心の持ち主。

◆志《し》貴《き》

《悪《あ》しきもの》により火傷《やけど》を負っている皇子。

◆六《む》久《く》野《の》恭《きょう》司《じ》

終也の友人。かつて神在であったが、今は宮中に出仕している。

◆志《し》津《づ》香《か》

終也の妹。勝気な美女。真緒のことを、今では信頼している。

◆綜《そう》志《し》郎《ろう》

終也の弟であり、志津香にとっては双子の弟。飄々としている。

◆薫《かおる》子《こ》

終也の母。帝の娘——皇女であったが、先代に降嫁した。
終也の存在を受け入れることが出来ずにいる。

家系図

はるか昔、国生みのとき、
一番から百番までの神が
産声をあげたという。
その一柱、一柱を始祖とし、
いまだ所有している一族を、
此の国では神在と呼ぶ。

先帝
妃
十織
薫子
綾（先代）
終也
志津香
綜志郎
七伏
真緒
智弦
従兄妹

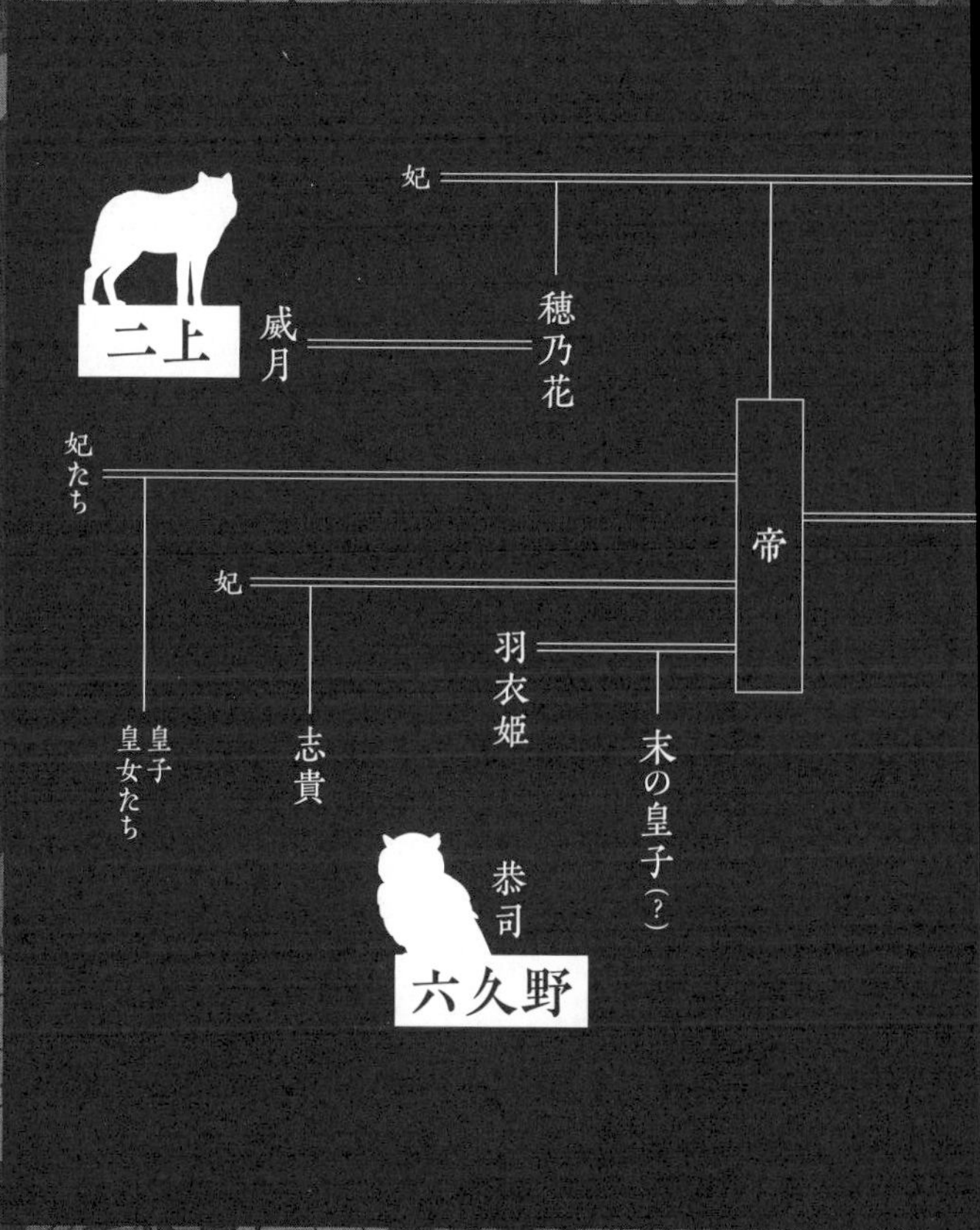

帝
妃
穂乃花
威月
二上
妃たち
皇子
皇女たち
妃
志貴
羽衣姫
末の皇子(?)
恭司
六久野

イラスト／白谷ゆう

十番様の縁結び《じゅうばんさまのえんむすび》
神在花嫁綺譚《かみありはなよめきたん》
5

序

満天の星が、美しい夜空を彩っていた。

煌々《こうこう》とした星明かりは、障子戸《しょうじど》を開いた室内までも降り注ぐ。

小高い山に建てられた十織《とおり》邸は、花絲《はないと》の街よりも、いっそう空が近い。手を伸ばしたら、星を摑《つか》めそうな気がした。

実に愚かな、思い上がりだった。

きらきらと輝く星は、自分には過ぎたものだった。とうの昔に、そのようなことは思い知っていたはずだ。

(どうして、自分が化け物であることを、ひとときでも忘れてしまったのだろう？　夢を見てしまったのだろう？)

このように醜《みにく》い身体《からだ》では、心では、人の世で生きてゆくことはできない。

まなじりから、透明な滴《しずく》が伝った。ひたすら流れる涙は、文机《ふづくえ》に置かれた紙に落ちて、次々と染みになっていく。

生まれてはじめて、声を上げて泣いた。

独りでは、涙の止め方さえも分からなかった。

泣き声を殺すことができぬまま、震える手で、文机に向き合う。墨《すみ》を磨《す》り、筆を執《と》ったときには、すでに心は決まっていた。

最期《さいご》に綴《つづ》ろう、すべてを。
後《のち》の世で、自分と同じ化け物が、同じ過ちを犯さぬように。

幕間 壱 帝都行の列車

沈みかけの太陽が、空を真っ赤に染めゆく。

夕暮れ時、京《みやこ》の駅舎には帝都行《ていとゆき》の列車が停まっている。

真緒《まお》は、列車に乗り込むと、客室の窓から乗降場を眺めた。それぞれの目的を抱き、帝都に向かおうとする人々は、浮かべる表情すらも異なっていた。

期待に胸を膨《ふく》らませる者もいれば、悲痛な面持《おもも》ちで肩を寄せ合う人たちもいる。

「終也《しゅうや》は、見送りにも来なかったのか？　薄情なことだな」

その声に、真緒は客室に視線を戻した。

壁により仕切られた客室は、向かい合わせに椅子《いす》が設置されている。真緒の正面に座っている男は、つまらなそうに前髪をかきあげた。

「志貴《しき》様、違いますよ。薄情ではありません。見送りは要らないって、わたしから言ったんです」

十織《とおり》邸を発《た》つ前、終也と話し合った。

短い時間しか許されなかったが、終也は真緒に託したうえで、できる限りのことをして、送り出してくれた。帝都の学舎《まなびや》にいた頃に築いた人脈や、十織の当主となってから知り得たことなど、宮中に向かう真緒の助けとなるよう取り計らってくれた。

終也だけでなく、薫子《かおるこ》や志津香《しづか》も同じだった。

（皆、できることをしてくれた。わたしの力になるように）

「薄情ではなく、信頼の証《あかし》ということか。お前も、もっと不安そうな顔をすると思ったが、平気そうだな」

「わたしが選んで、決めたことです。だから、真っ直ぐ前を向きます。うつむいたり、不安な顔をしたら、終也たちにも顔向けできません」

「可愛《かわい》げのない女だな。少しは心細い顔をした方が、生きやすいだろうに」

志貴は、軽口を叩きながらも、真緒を気遣うように目を細めた。

暗がりで揺れる炎のような瞳には、あたたかな色が滲《にじ》んでいる。いくら露悪的に振る舞っても、その心根は慈悲《じひ》深く、優しい。

だからこそ、真緒の願いを断らなかった。

志貴自身も難しい立場にあるなか、真緒のことを宮中まで連れていってくれる。

「嫁《とつ》いだばかりの頃だったら、心細くて堪らなかったと思います。でも、いまは大丈夫です。積み重ねた時間が、想いがあります」

真緒は知っている。離れていても、心は傍に在ることを。

「残念だ。俺の付け入る隙《すき》はないらしい。落ち込んでいるならば、終也の代わりに慰めてやろうと思ったが」

「……？　誰も、誰かの代わりにはなれません」

「さて、どうだか。突き詰めれば、誰もが代替《だいたい》の利《き》く存在ではないか？　帝《みかど》の血筋も、神《かみ》在《あり》の家も、その身に流れる血にだけ価値がある」

「血にも価値はある。でも、それ以外だって大切でしょう？　その人は、その人として在るだけで尊《とうと》ばれる。そう信じています。……だから、終也の代わりではなく。志貴様が、友人として、わたしを心配してくれたことを嬉しく思います。ありがとうございます」

「お前といると、やはり調子がくるう。まあ、不安な顔をされるよりも、強気でいてくれた方が良いのか？　宮中では隙を見せるなよ。骨までしゃぶられて、襤褸《ぼろき》切れのように捨てられるぞ」

　志貴の言葉には、宮中で生まれ、宮中で生き延びてきたからこその重みがあった。

　これから向かう場所では、真緒の想いは、紙切れのように軽く、たやすく引き裂かれてしまうのかもしれない。真緒の手に入れたい未来は、否応《いやおう》なしに、綺麗事《きれいごと》として切り捨てられる。

　それでも、真緒は自分の想いを突き通さなくてはならない。

　綜志郎《そうしろう》を連れて、帝都――宮中に向かった恭司《きょうじ》は、すでに覚悟を決めている。何を犠牲《ぎせい》にしても帝の心を救おうとしていた。

そんな彼に、この手を届かせるために、真緒は揺らぐわけにはいかなかった。

(恭司様は、本気で帝を殺すつもりだから。羽衣姫《ういひめ》様の子——綜志郎の手で、帝の息の根を止めることが、帝の幸福だと思っている)

「気をつけます」

「そうだな、気をつけろ。終也と、わざわざ離縁してきたのだろう？　今のお前は、当主の妻ではない。ただの無力な女だ。立場を捨てるということは、付随《ふずい》する責務だけでなく、守ってくれる後ろ盾も失うことだ」

真緒を責めるというよりも、志貴自身を揶揄《やゆ》するような口ぶりだった。

志貴は《悪《あ》しきもの》によって火傷《やけど》を負うまで、最も帝位に近い皇子だった。その立場は、志貴に責任を負わせると同時に、彼を守る盾にもなっていたのだ。

「必ず、恭司様を止めて、綜志郎と一緒に帰ります。でも、もしも何かが起きたとき。わたしの行動で、十織にいる大切な人たちを傷つけるわけにはいきません」

真緒の行動で、連帯的に、十織家に責を負わせるわけにはいかない。

かつて、六久野《むくの》という神在にいた一部の者たちは、その領地たる天涯島《てんがいじま》で、皇子であった頃の帝を虐《しい》げた。

その後、即位した帝は、六久野という神在を亡ぼした。

帝を虐げていたかどうかに拘《かか》わらず、一族すべてに責任を負わせたのだ。

「だが、十織の者ではなくなったとき、お前に何の力がある？　ただの機織《はたおり》では、何も成し遂《と》げられない」

「ただの機織だからこそ、終也に見つけてもらいました。だから、機織としての自分が無力だとは思いません」

「夢見がちなことを言う。まるで負け犬の遠吠えだ」

「まだ負けていません。間に合うと信じています。志貴様も同じでしょう？」

そのとき、汽笛《きてき》の音が鳴り響き、帝都行の列車は動きはじめる。

車窓《しやそう》から見える景色は、瞬きのうちに移ろう。夕焼けに染まっていた空は暗くなり、やがて夜に呑《の》み込まれる。

志貴は、窓枠《まどわく》に肘をつき、外に視線を遣《や》った。

闇夜であろうとも見えてしまう真緒と違って、志貴には何も見えないはずだ。故に、彼の瞳に映るのは、景色ではなく別の何かだろう。

おそらく、これから訪れること——未来のことだ。

「これで終わりになどするものか。螟《めい》には悪いが、あの未来視は叶えさせるわけにはいかない。帝になるのは、俺だ」

——末の皇子が、帝を殺して即位する。

志貴の友であり、未来視の家に生まれた神在の男が、遺《のこ》した言葉だった。

未来視にあった末の皇子が、志貴ではなく、綜志郎のことを指していたならば、このままでは真緒たちの望まぬ未来が訪れる。

「未来は、まだ起こっていないことです。だから、きっと変えられるはずです。綜志郎に、帝を殺させるなんて。そんな惨《むご》い真似《まね》をさせたくありません」

恭司の願いは、羽衣姫の子である綜志郎に、帝を殺させることだ。心を壊した帝を救うために、恭司は何を犠牲にしても、成し遂げようとする。

帝は体調を崩し、いよいよ死期が迫っている。

恭司からすると、そのまま帝の死を待つわけにはいかないのだ。それでは帝の心が救われない。帝が愛し、同じくらい憎んだ羽衣姫の子に殺されることで、帝の心は、長い苦しみから解き放たれる。

(でも、恭司様。それは、恭司様の考える帝の幸福だよね)

恭司は、帝の命が尽きるまでに、事を為そうとしている。だが、一連の行動は、真緒の目には危ういものとして映った。

誰かの心は、外から覗《のぞ》き込めるものではない。

（帝の心は？　本当に、綜志郎に殺されることで救われるの？）

恭司は、事を急《せ》くあまりに、本当に大事なものを見落としているのではないか。

真緒は、七伏《ななふし》家や二上《ふたがみ》家の領地に行ったときのことを思い出す。

七伏の暮らす《払暁《ふつぎよう》の森》で、従兄《いとこ》である智弦《ちづる》に、不幸だと決めつけられた。最初のうちは、いくら真緒が否定しても、真緒の気持ちを理解してもらえなかった。

二上の領地《白牢《はくろう》》では、当主夫妻の擦れ違いがあった。互いに、互いの幸福を願っていたものの、二人の気持ちは噛《か》み合わなかった。

どちらも、一方的に、相手の気持ちを決めつけていたからこそ起きたことだった。

「真緒。考え事も良いが、今のうちに休んだ方が良いだろう。帝都につくのは、この分だと夜明けになる」

「目が冴えてしまって。志貴様こそ、休まれた方が良いと思います。病み上がりなんですから」

志貴は、すでに白牢での療養を終えている。しかし、火傷を負った当時、生死の境を彷徨《さまよ》っていたくらいなので、いまだ全快とは言い難いだろう。

「俺も、残念ながら目が冴えてしまった」

志貴は溜息をつく。

「眠れないのなら、何か、お話ししましょうか？　終也が、そうしてくれるんです。わたしが眠るまで」

真緒が機織《はたお》りに夢中になり、夜中まで織っていると、終也は工房までやってくる。

終也は、基本的には、真緒の好きなだけ織らせてくれる。だが、あまりにも度が過ぎると、やんわり注意してくるのだ。

真緒が織ることを尊重してくれるが、同じくらい真緒の体調も気遣ってくれる。

そのことを分かっているから、できる限り、真緒も聞き入れることにしている。

（それに、二人で話している時間も、大好きで、大切にしたいから）

終也には、花絲《はないと》の領主としても、十織家の当主としても務めがある。真緒もまた、機織として織らねばならぬものがある。常に一緒にいられるわけではないので、二人で過ごす時間は掛け替えのないものだ。

「神在の当主が、寝物語を聞かせてくれるのか？　贅沢《ぜいたく》なことだな」

「はい。でも、すごく幸せなことです」

暗がりに明かりを灯して、真緒が眠りに落ちるまで、終也は話をしてくれる。

嫁いだ夜、真緒は眠ることが怖かった。終也が迎えに来てくれたことは夢で、目が覚めたら、平屋で幽閉《ゆうへい》される日々が待っているのかもしれない、と恐怖した。

怖がる真緒のために、終也は約束してくれた。

夢になどしない。夢だったとしても、真緒が死ぬまで、良い夢を見せてあげる、と。

だから、真緒は眠ること――朝が来ることを、恐れることがなくなった。

「終也は、いつも何を話してくれるんだ？」

「いろんなことを話してくれます。その日に起きた出来事や、十織家のこと。あとは、終也が帝都にいた頃の思い出話も多いです。終也のことを少しずつ知ることができて、嬉しいんです」

「なるほど。では、帝都までの道すがら、お前の思い出話でも聞かせてくれるか？　十織で過ごした日々や、終也との遣り取りを。お前いわく、俺たちは友人らしい。だが、友として、お前のことなど、ほとんど知らないからな」

「それなら、志貴様も話してくれますか？　思い出を」

「高くつくぞ。皇子の思い出話だ」

そう言いながらも、真緒の提案に乗ってくれるらしい。

「ありがとうございます。……それでは、思い出話をする前に、わたしのことを少しだけ。わたしは外から嫁いだ身なので、十織の一族に生まれたわけではありません。血筋を辿《たど》ると、七伏に辿りつきますが、そのことも嫁いだ後に知りました」

志貴は何かを思い出したように、ゆっくり瞬きをした。

「ああ。天涯島に行ったとき、恭司が言っていたな。七伏の血が、と。智弦の親戚《しんせき》だったのか？　言われてみれば、どうして気づかなかったのか不思議なくらい、顔も性根も似ている。あの男も、馬鹿正直で性質《たち》が悪い」

「従兄です。智弦様のこと、ご存じですか？」

「俺が火傷を負った《悪しきもの》を祓《はら》ったのは、智弦だからな」

「《火患い《ひわずら》》のひとつ？」

宮中に顕《あらわ》れた《悪しきもの》は、宮中にだけ顕れていたわけではない。

志貴が火傷を負う原因となった、宮中の宝庫での顕現《けんげん》が、はじまりではなかったのだ。

多くの者たちが関連性に気づかなかっただけで、二十年ほど前、羽衣姫が亡くなったときから、此《こ》の国の至るところに顕れていた。

恭司いわく、国生みの契約に綻《ほころ》びが生じるとき、その禍《わざわい》は顕れる。

六久野の人間は、その禍を《火患い》と呼んだ。

はるか昔、国生みのとき、旧《ふる》き女神は、帝の先祖と契約を結んだ。一番目から百番目までの神々が生まれるための契約だった。

契約の際、旧き女神は、いくつか国生みの契約を保つための物を遺したという。

六久野は、そのひとつを守っていた神在《かみあり》だ。

(でも。羽衣姫様は、亡くなる前、国生みの契約に関わる証《あかし》を隠してしまった)

結果、国生みの契約に綻びが生じ、火患いが顕れるようになった。

「帝都や宮中に顕れる《悪しきもの》は、七伏の連中が祓うことが多い。俺のときも例外ではなかった。……数奇なものだな。俺とお前には、案外、十織の言うところの縁があるらしい」

人には、縁がある。ふつうに暮らしていたら死ぬまで切れることのない、その人の行く末に絡みついた糸があるのだ。

「そうかもしれません。でも、縁があるから、それだけで、お友達になったわけではないです。あくまで、きっかけです」

縁があったとしても、真緒が自分自身で選んだことだ。

「お前の考え方は、やはり神在らしくない。十織でも七伏でもない」

「ずっと、外のことを知らずに育ったせいかもしれません。此の国のことも、神様のことも知らずに、ただ織るばかりでした。だから、十織に迎えてもらってからも、はじめて経験することばかりだったんです」

「それは苦労が多そうだな」

「……？　はじめてのことは、とっても嬉しいことなので」

志貴は苦虫《にがむし》を噛みつぶしたような顔になる。

「お前の考えだと、嬉しいことになるのか。それで？　ずいぶん長い前置きだったが、お前の思い出話は、はじめての出来事のひとつか」

「はい。この冬の出来事です。志貴様と出逢《であ》った後ですね」

志貴と出逢った二上家の領地《白牢》から、花絲の街に戻った後のことだ。

「お前の織った反物《たんもの》が、衣に仕立てられ、《白牢》まで送られてきた頃だな」

この冬、十織家は、二上家の当主から依頼を受けた。

当主は、余命わずかな妻のために、死装束《しにしょうぞく》を欲していた。死出《しで》の旅に向かう妻を想い、彼女の魂を守ってくれるような衣を望んでいたのだ。

その衣は、真緒の織った反物から仕立てられ、《白牢》に送られた。

当時、志貴は《白牢》で療養を続けていたので、衣が届けられたとき、実物を見ていたのだろう。

「これから、お話しするのは、とある神事のことです」

真緒は思い出す。冬の花絲で執《と》り行われた、とある神事のことを。

一．

失われた音色

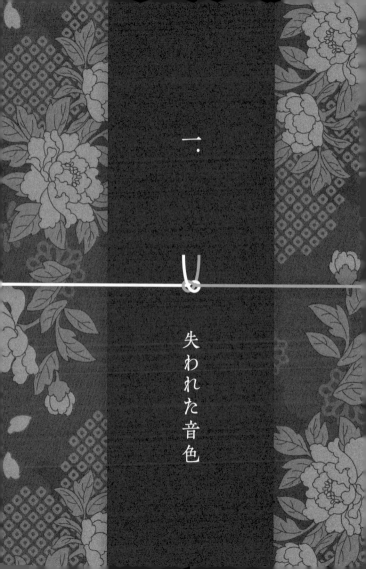

いまだ雪が残っている季節のことだ。

真緒《まお》と終也《しゅうや》のもとに、志津香《しづか》が、とある話を持ってきた。

曰《いわ》く、廃《すた》れた神事を再開したい、と。

「《遠音《とおね》の儀》？」

はじめて聞く神事だったので、思わず、隣にいる終也を見上げる。

宝石みたいな緑の瞳に、戸惑う真緒の姿が映っていた。彼は微笑《ほほえ》むだけで、特に何も言わなかった。

真緒と違って、《遠音の儀》に思い当たる節があるのだろう。

「十織《とおり》の先代が、時が来れば再開したい、と願っていた神事よ」

先代と言えば、終也たちの父親であり、故人である。

「神事ってことは、《糸賜《しし》の儀》みたいなもの？」

真緒が、十織家に嫁《とつ》いだとき、《糸賜の儀》と呼ばれる神事が執り行われた。

十織家の始祖《しそ》にして、現在も所有する神――十番様《じゅうばんさま》に反物を捧げることで、十番様の糸を賜《たまわ》る神事だ。

その他にも、十織家では様々な神事が執り行われているが、《遠音の儀》には心当たりがなかった。

「《糸賜の儀》とは、少し違いますよ。志津香が言ったように、《遠音の儀》は廃れた神事です。家の記録で、名前だけなら見かけたことがありますが、いまは執り行われていないはずです」

「ええ。最後に行われたのは、百年以上も前のことよ。私も、父様から話を聞いていなかったら、知らないままだったでしょう」

「質問しても良い？　二人とも廃れたって言うけれど。その神事が、百年に一度、執り行われるってことはないの？」

　たとえば、《糸賜の儀》は、五年に一度、執り行われている。同じように、《遠音の儀》も、一定の年数を空《あ》ける必要があるのではないか。

　つまり、廃れたのではなく、まだ時期が到来していない。

「先代が言うには、廃れる前は、毎年、執り行われていた神事らしいの」

　年に一度は執り行われていた神事が、途絶えて、百年もの時間が流れたという。

　沈黙が落ちるなか、口を開いたのは終也だった。

「毎年、執り行っていた神事が廃れたのです。相応の理由があって廃れたのでしょう。いま再開する意味は？」

「先代が、父様が再開を望んでいたのよ」

十織の先代は、予期せぬ不幸により亡くなった。生前、彼が成し遂《と》げることのできなかった願いを、志津香は叶えようとしているのだ。

「先代亡き今、その望みを叶える必要があるのですか？　百年も前に廃れた神事ですよ。その神事が廃れたからといって、何か問題が起きているのですか？　起きていないから、廃れたままだったのでしょう？」

終也の声は淡々としており、そこに籠《こ》められた感情を覚《さと》らせない。だが、真緒には、終也が《遠音の儀》の再開を拒絶しているように思えた。

「呆《あき》れた。それが当主の言うことかしら？」

「申し訳ありません。でも、僕が当主となったのは、先祖返《せんぞがえ》りだからでしょう？　……当主として至らない、と言われたら、今は何も言えません。君や綜志郎《そうしろう》と違って、一族のことも分からないことばかりです。もちろん、学んでいくつもりはありますが」

終也は目を伏せる。憂《うれ》いを帯びた白皙《はくせき》の美貌《びぼう》に、長い睫毛《まつげ》が影を落とした。

「ごめんなさい、言い過ぎたわ。……でもね、兄様、分かってほしいの。あなたは先祖返りだから、実感がないのでしょうけど。十織の一族は、時の流れとともに十番様から遠ざかっているのよ。これからの時代、さらに神の血は薄まり、遠くなるでしょう」

志津香の言葉は、十織家に限ったことではない。

例外はあるものの、多くの神在《かみあり》は、十織のように代を重ねるほど神から遠ざかる。

先祖返りたる終也が、一族から遠巻きにされた理由のひとつも、そこにある。

神から遠ざかったが故に、神と近しく生まれてしまった終也は、周囲から弾かれ、浮いてしまった。

終也の誕生は、一族にとって慶事《けいじ》であった。しかし、同時に、多くの畏《おそ》れも集めることになった。

「十番様と末永く共にあるために。廃れて良い神事など一つもない。君は、そう言いたいのですね？」

「ええ。十番様を、此《こ》の家に繫《つな》ぎ留めるために、できる限り多くの神事を、後の世に遺《のこ》してゆきたい。兄様がいるならば、それができる」

「君の言うとおりですね。何事もなければ、僕は長い、長い時を生きるでしょう。生きて、神事を伝えてゆくことができます」

終也自身が、誰よりも強く、簡単には死ぬこともできない身体《からだ》であることを思い知っている。

真緒は、そっと隣にいる終也の手を握った。傍にいることが、より伝わるように。

「志津香。先代様が望んでいたことも、神事を後世に遺してゆきたいのも分かったけれど。

どうして、今なの？」

　十織の先代が亡くなり、終也が当主を継いでから、すでに数年の時が流れた。神事を再開させるならば、もっと早く提案しても良かったはずだ。

「それは……」

　志津香は口籠もる。言葉が見つからないのか、彼女は薄い唇を開いては、ためらうように閉じることを繰り返した。

「志津香は、今ならば再開できる、と思ったの？　終也のことを信じてくれた？　いまの十織家なら大丈夫だと思ったから、話を持ってきてくれたんだよね。きっと」

　志津香の提案は、終也に対する信頼の証《あかし》だ。

　先代が亡くなり、終也が当主となった頃とは違う。少しずつ距離を縮めて、家族として力を合わせるようになってきた今だからこそ、志津香は提案してきたのだ。

「そうよ。いまの兄様なら、義姉様《ねえさま》のいる今の十織家なら、と思ったの」

「嬉しい。終也のことも、わたしのことも信じてくれたんだね。それで、どんな神事なの？」

「……実は、分からないの。父様は、再開を願っていたけれども、どのような神事かは教えてくれなかった」

志津香は声を小さくしながらも、決して、うつむかなかった。

彼女は、《遠音の儀》について、特別な思い入れがあるのだろう。十織家の先代――亡き父が遺してくれたものの一つとも考えている。

何も分からなくとも、どうにかして神事を再開させたかったのだ。

「そっか。分からないなら、皆で考えなくちゃ、だね」

「義姉様」

志津香のことを安心させるよう、真緒は笑いかける。

「志津香は、わたしや終也にも一緒に考えてほしかったんだよね？　わたしも、その方が良いと思う。一人で悩むより、皆で考えた方が良い。……もちろん、志津香にも頑張ってもらわないと、だけど。志津香は、ずっと先代様の背中を見てきたんだから」

志津香は、十織家で生まれ、十織家で育てられた人だ。父親である先代のことを、心から尊敬し、彼の背中を追いかけてきたのだ。

「真緒の言うとおりですね。十織家の神事や仕来《しきた》りは、志津香、君がいちばん良く知っています。綜志郎は、そういうところは積極的ではないでしょう？」

「あの子は、私の立場を思って、遠慮《えんりょ》してくれているのよ」

「君がそう言うのならば、そうかもしれませんね。ただ、あの子や母様にも、場合によっては話を聞きましょう」

「二人には、私の方から話を振ってみるわ。……先代はね、《遠音の儀》について話してくれたとき言ったの。再開したいけど、まだ早すぎる、と」

「早い？」

「時が来たら、教えてくれるつもりだったのでしょう。志《こころざし》半ばで亡くなるとは、本人も予想していなかっただけで」

　無理もない。十織の先代は、病や寿命《じゅみょう》ではなく、不幸な事故で亡くなった。

「他には、何か言っていませんでしたか？」

「こうも言っていたわ。兄様が生まれたからこそ、時が来たら再開したい、と。それが一番の餞《はなむけ》になるだろう、と」

「餞。果たして、誰に対する餞なのでしょうね？　順当に考えると、僕と同じ存在でしょうか？　先祖返りへの餞です」

「兄様の前に生まれた、先祖返りと言ったら……」

「百年以上も前の話です。僕が生まれたとき、ここ百年は、これほど十番様の血が濃い子どもは生まれていない、という話でしたから」

「《遠音の儀》が廃れた頃と、同じ？」

真緒の疑問に、十織の兄妹は顔を見合わせた。

「僕の前に生まれた先祖返りについて、調べてみます」

「ありがとう、兄様。……そして、ごめんなさい」

志津香は深々と頭を下げる。

《遠音の儀》に、先祖返りという存在が絡んでくるかもしれない。そのことを、志津香は申し訳なく思っているのだ。

「謝らないでください。僕の気持ちを慮《おもんぱか》ってくださるのは嬉しいです。でも、僕が先祖返りとして生まれたことは、僕自身が、向き合わなくてはならないことです。……それに、僕には真緒がいるので」

終也は微笑《ほほえ》むと、真緒の手を握り返してくれた。繋いだ手が嘘にならないよう、もう一度、真緒も力を込めた。

◇◆◇◆◇

その日のうちに、真緒と終也は、十織邸の敷地内にある《離れ》を訪れた。

主屋から独立して建てられた離れについて、真緒は嫁《とつ》いだ頃、女中から言われたことがある。

　この建物には、化け物を閉じ込めていた、という噂《うわさ》があったことを。

　事実は異なる。この場所にいたのは、化け物ではなく、幼い頃の終也だ。

「終也が小さいとき、暮らしていた建物だよね？　終也の前にいた先祖返りと関係あるの？」

「おそらく。この離れは、新しい建物ではないでしょう？　少なくとも、僕が生まれたとき、僕のために建てられたものではありません」

「それなら、何のために？」

　十織邸の敷地は広く、目的も様々な建物がある。たとえば、よく真緒が利用する土蔵は、それぞれ糸や反物《たんもの》、仕上げた衣を納めるために使われている。

　この《離れ》が建てられたことにも、明確な目的があったはずだ。

「むかし、誰かを閉じ込めるために。いいえ、もしかしたら、自ら住んでいたのかもしれません。僕と同じような人が」

「先祖返り？」

「そう。僕の前に、先祖返りとして生まれた人です。前例があったから、父様は同じように、僕のことを離れに住まわせた」

ほとんど確信しているような口ぶりだった。彼の頭には、そのように判断するだけの材料があるのだ。

「離れには、その先祖返りに纏《まつ》わるものが、残っている可能性がある。その人について知ることで、《遠音《とおね》の儀》についても明らかになるかもしれないってこと？」

終也は頷《うなず》いて、離れの戸を開いた。

しんと冷えた空気のなか、まるで星屑《ほしくず》のように埃《ほこり》が舞った。いまは誰も住んでいない建物は、何処《どこ》か寂しさを感じさせた。

離れに来るのは二度目だが、はじめて入るような気持ちだった。

一度目は、嫁いだ頃、終也に会うために足を踏み入れた。あのときは、終也のことで頭がいっぱいだったので、離れの構造や内装まで気にかける余裕はなかった。

入ってすぐ、小さな土間をあがると、すぐに廊下《ろうか》に至る。奥へ、奥へと続く廊下の途中には、思っていたよりも多くの部屋があった。

「終也が離れにいたのは、五歳まで、だったよね？　その後は帝都にいたから」

「はい。だから、正直なところ、ほとんど記憶はありません。当時の僕には、建物の中を気にするような余裕もありませんでした。……父様が亡くなり、花絲《はないと》に戻されてからも、主屋で過ごすことが多かったので、離れのことはあまり」

終也は、ほとんど何も知らない、と零《こぼ》した。

彼にとって、離れで過ごした日々は、つらく苦しいものであった。母親と引き離されて、孤独に過ごした日々の象徴でもある。

「終也。わたしだけで探しても……」

彼は微笑んでから、自らの唇に人差し指をあてた。

「お気遣いの言葉は不要です。君が傍にいてくれるので」

「……何か、《遠音の儀》に関係するものが見つかると良いね。先代様が言っていた餞って、やっぱり先祖返りへの餞だと思うから」

《遠音の儀》を再開することで、終也の前にいた先祖返りに対する餞となる。十織の先代は、そう考えていたようだった。

「そうでしょうね」

「餞って、旅立つ人に贈るもの、だよね？　そうだとしたら不思議だよね」

「不思議？」

「神様の血が濃い人は、人よりも長く生きるよね。先祖返りなら、なおのこと」

時に、神の血を色濃く引いた者は、神無《かみなし》よりも長く生きる。終也の友人である恭司《きょうじ》や、二上《ふたがみ》家の当主たる威月《いづき》が、そうであるように。

ました、先祖返りであるならば、彼ら以上に長く生きるのだ。

「……？　はい。僕のような先祖返りは、人よりも長く生きます。そもそも、つくりが違うので、簡単には死ぬこともできません」

「だから、不思議なの。どうして、終也の前に生まれた先祖返りは、十織の一族にいないの？　まだ生きているはずなのに」

真緒は、十織の一族すべてを把握《はあく》しているわけではない。一族の中には、真緒が顔を合わせたことのない者たちもいる。

だが、その中に、先祖返りがいるとは思えない。

先祖返りがいたならば、ここまで終也が恐れられることはなかった。

「たしかに。僕の前に生まれた先祖返りと、僕は会ったことがありません。きっと、父様も同じでしょう」

「十織の一族から、旅立ったのかな？　百年は長いけれど、先祖返りが亡くなるには早いと思う」

「一族から出ていったならば、よほどの出来事があったのだと思います。……志津香が言ったでしょう？　十織家は、代を重ねるごとに神の血が薄まっているのです。だから、先祖返りは、恐れられる一方で、祝福もされます。神の血が色濃く流れている人を、一族が手放すとは思えません」

「つらくて、苦しいことがあって、何処か遠くに行くしかなかったのかも」

「それを知るためにも、その先祖返りのことを調べる必要があります。父の言葉や、《遠音の儀》が廃《すた》れた時期から察するに、その人が関係しているのでしょうから」

真緒たちは、廊下を進み、一部屋、一部屋とあらためる。

ほとんどの部屋が、物がなく、殺風景なものだった。部屋によっては、大きく天井が傾き、床板も軋《きし》むような有様だ。

とある部屋に差し掛かったとき、真緒はゆっくりと瞬きをする。

明らかに今までと様子が異なった。埃を被《かぶ》っているものの、鏡台や文机《ふづくえ》、箪笥《たんす》、反物が掛けられた衣桁《いこう》などが置かれている。

目を引いたのは、美しい糸の数々だった。

（土蔵にある糸と、同じ？　十織家の歴代当主や、十番様が紡《つむ》いだ糸）

どうして、土蔵ではなく、離れにあるのだろうか。織り機は見当たらないが、この部屋で、誰かが織っていたのだろうか。

ぐるり、と室内を見渡して、真緒は思う。

まるで、部屋そのものが、時を止めているかのようだった。かつて、この部屋の主だった人が過ごしていたときのまま変わっていない。

「僕は簞笥を探しますので、鏡台のあたりをお願いしても？」

真緒は、はっとして、終也に言われたとおり鏡台に近寄った。鏡台に備え付けられた引き出しを開けると、櫛《くし》や紅、白粉《おしろい》が丁寧《ていねい》に仕舞われていた。

（終也の前に生まれた先祖返りは、もしかして、女の人だったのかな？）

真緒は想像する。百年も昔、鏡台の前にいる女性のことを。

「真緒。少し良いですか？」

終也の手には、煌《きら》びやかな糸で綴《と》じられた冊子があった。

四つ目綴じの冊子は、開くと、文様を刷《す》りだし、金銀の切箔《きりはく》をまぶしたような華麗《かれい》な紙が使われている。紙に記された、涼やかで流れるような文字も、見事なものだ。

「きらきらしている」

冊子の内容は分からなかったが、豪奢《ごうしゃ》な紙に残された筆跡は教養を感じさせ、冊子を記した人の立場を思わせた。

きっと、十織の一族でも、高い地位にあった人だ。

「内容からして、日記だと思います」

終也は、一枚、一枚と紙を捲《めく》りながら言う。

「日記？」

「暦《こよみ》からして、百年以上前のことですね。もしかしたら、《遠音の儀》についても、何か書かれているかもしれません」

「誰が書いたもの？」

終也は、いったん日記を閉じると、表紙の隅にある文字を指さした。

「ここに、累《るい》、とあります」

再び、終也が日記を開いたことで、表紙の文字は一瞬しか見えなかった。だが、その一瞬で、真緒は違和感を覚えた。

（冊子の中に書いてあった字と、筆跡が違う？）

似たような文字ではあった。だが、真緒の目には、表紙と冊子の中にある文字は、違う人物が書いたものに見えた。

まるで、第三者が、後から表紙に文字を付け加えたように。

（ちょっとしか見えなかったけれど。なんだか、知っている文字だった気がする）

真緒の戸惑いに気づかず、終也は続ける。

「離れに来る前、家系図を見てきました。十織累は、かつて当主を務めていた女性です。当主の多くは、その代で最も十番様の血が顕《あらわ》れた者が務めますから、すなわち」

「彼女は、先祖返《せんぞがえ》りだった？」

「はい。時期的にも、この累という女性が、僕の前に生まれた先祖返りでしょう」

「この日記、簞笥から出てきたんだよね？」

「はい。奥に隠されていました。誰にも読まれたくなかったのかもしれません」

真緒は古びた日記に触れる。隠されていたわりには、ずいぶん日焼けしている。筆跡の違和感も相まって、どうにも落ちつかない。

「本当に読まれたくないなら、燃やせば良かったのに。この部屋に残されていたのは、いつか誰かに読んでほしかったから、なんじゃないかな」

「誰に、読んでもらいたかったのですか？」

「終也に」

終也の仮説が正しかったとしたら、この《離れ》は先祖返りが過ごすために使われていた。いちばん日記を見つける可能性が高いのは、次の先祖返りとなる。

「先祖返りに読んでもらうために、離れに残した、と。さて、どのようなことが、書かれているのでしょうか？」

終也は、真緒に聞かせるように、日記の頭から語りはじめる。

庭の椿《つばき》が満開となった頃。

一族の勧めで、夫を迎えることになった。

一族の者たちは、皆、私の伴侶《はんりよ》となることを避けたかったのだろう。何処《どこ》から連れてきたのか、彼は外で育った人だった。辛《かろ》うじて遠縁にあたるらしいが、十織のことなど何も知らない。

とても美しい人だった。

私の婿などにならなければ、きっと、幸福な人生を送ることができたはずだ。

だからこそ、憐《あわ》れでならない。

せめて、彼が過ごしやすいよう、心を尽くそう。それが、私のような女を妻とした、不運な人にできる償いだろう。

「婿を迎えたときから始まるようです。婚姻を結んだことをきっかけに、日記をつけ始めたのでしょう」

「十織の一族が、お婿さんを連れてきたってこと?」

「なかなか婚姻を結ばない当主に、一族はしびれを切らしたのでしょう。僕も、君を迎えるまで、親族の者たちから色々と言われたので分かります」

「はやく結婚しなさい、って？」

「はい。僕のことを恐れていたからか、ずいぶん遠回しな言い方でしたけど」

　終也は、真緒との約束を果たすために、当主となってから数年、花嫁を迎えなかった。その間、真緒が想像する以上に、一族の者たちから苦言を呈されていたのだろう。

「累様は、一族の人たちの言うとおりにしたんだね」

「彼女にとって、婿を迎えることは、当主として果たすべき務めの一つだった。恋などしなくとも、婚姻を結ぶことはできますからね」

「でも、累様は、相手のことを大事にしよう、と思ったんだよね。だから、きっと、一緒に過ごしていくうちに、相手のことを好きになったんじゃないかな？」

　日記を読む限りでは、婿入りしてきた相手を尊重し、大切にしようとしていた。言葉でも態度でも、相手に誠意を尽くしていたに違いない。

「それが恋でなくとも？」

「これから、恋になるのかも。それに、恋でなかったとしても、誰かを好きになることはあるよ。その気持ちだって素敵なものだと思う」

　たとえ恋でなかったとしても、相手を思い遣《や》り、関係を築くことはできる。夫婦の在り方は、夫婦の数だけあるだろう。

「どうでしょう？　彼女たちが、どのような関係にあったのか。続きを読んでみないことには分かりません」


花絲を案内したとき、紅をいただいた。

私には似合わないと言えば、必死になって否定してくる。私の唇に、紅をさして、良く似合う、と満足そうに笑うのだ。

椿の花のように、赤い紅だった。醜《みにく》い私には似合わぬ愛らしい色。

とても嬉しかったが、同じくらい胸が苦しかった。面と向かって礼を言うことができなかった。

だから、礼の代わりに、彼に似合いのものを織ろう。


「累様は、機織《はたおり》だったの？」

「僕が例外なだけで、十織の者たちは機織《はたお》りの技術を修めます。父がそうであったように、当主であり、機織としても優秀な女性だったのでしょう」

その後も、日記は続く。大半は、十織家の生業《なりわい》や家のことに関わるものではなく、夫婦として過ごした日常を記したものだった。

親しくなり、距離を縮めてゆく二人の姿が、ありありと浮かぶようだった。

「彼女は、僕と似たような立場だったのかもしれませんね」

「先祖返りで、当主だから？」

「そう。だから、一族から遠巻きにされる。彼女が生きていた頃、すでに神は遠くなりはじめていた。彼女は異質なものとして弾《はじ》かれてしまった」

真緒の脳裏《のうり》に、終也とよく似た女性の姿が浮かんだ。血の繋《つな》がった者たちから遠巻きにされて、孤独に佇《たたず》む人だ。

当主として、一族を統《す》べる立場にありながらも、一族の皆から拒《こば》まれる。

「累様には、自分の気持ちを打ち明けることのできる人が、いなかったのかな」

故に、誰にも話すことのできない胸のうちを、紙に記したのかもしれない。この日記は、彼女の心そのものを映している。

数日ぶりに顔を合わせたと思えば、朝から晩まで機織りをする私に、無理をしないで、と言う。この身体《からだ》は、あなたと違って丈夫なのだと言っても、聞き入れてもらえない。

体調を気遣われたことなど、生まれてこの方、一度たりともなかった。

一族の者たちは、私が強いことを知っているから、そのような心配はしない。

この人は、まるで私のことを徒人《ただびと》のようにあつかう。自らと同じ存在として、当たり前のように気遣う。一族の者たちが、どれほど私を遠巻きにしても、彼は気にせず、笑いかけてくる。

優しくされるほど、怖くなってしまう。

彼を迎える前の私は、どのように過ごしていたのか。

あの頃は、一人きりでも平気であった。しかし、最早《もはや》、彼のいない日々を想像することすら恐ろしい。

「僕にも、彼女の気持ちが分かります」

「優しくされると、怖い？」

「ええ。その優しさが失われてしまったときを想像して、怖くなるのです。いまが幸福であればあるほど、失ったときが怖い。一人きりに戻ることが恐ろしい」

真緒は、文字をなぞる終也の指に、そっと自分の手を重ねた。

「十織に嫁《とつ》いだとき、わたしも同じだったよ。目が覚めたら、ぜんぶ夢だったら、と怖かった。でも、いまは違うの。……未来のことを考えるのも大事だけど。いま幸せなのに、いつか失われるかもしれない、と思うのは寂しいから」

「寂しい?」

「うん。いま隣にいるのに、傍にいるのに、伝わっていないみたいで寂しい。……でも、終也が怖い、と思うなら、その怖さがなくなるくらい、もっと幸せにしてあげたいとも思っているよ」

「僕は臆病なので、何度だって確かめてしまうかもしれません」

「良いよ。何度でも応えるから」


庭の椿が、蕾《つぼみ》をつけていた。

彼を婿に迎えてから、もうすぐ季節が一巡する。

ずっと一族のことには関わらせていなかったが、ついに、彼から、神事に参加したいとの申し出があった。

私が断っても、自分も十織《と》の一員となったから、と譲《ゆず》らない。

近く、《遠音《とおね》の儀》が執り行われる。


「遠音の儀!」

思わず、真緒は大きな声を出してしまう。

「庭の椿は遅咲きですから、蕾をつけた頃なら、いまの時期に行う神事だったようですね」

「嬉しい。こんなに早く見つかるとは思わなかったから」


彼が微笑《ほほえ》んでくれる度《たび》に、彼のことを欺《だま》しているような気持ちになってしまう。

《遠音の儀》のとき、彼を傍に置くならば、覚悟を決めなくてはならない。

彼は、私と一緒に、十番様を、十織を背負ってくれるだろうか。彼にならば、私は嘘をつかなくとも良いのだろうか。

彼は、ありのままの醜い私を、受け入れてくれるのだろうか。


終也の指が、また一枚、紙を捲《めく》る。しかし、その先に続くものはなかった。

「綴《と》じ紐のところで、紙を破っている?」

冊子に綴じられた紙が、綴じ紐のあたりを残すよう、不自然に破られていた。まるで、誰かが無理やり破ったかのように。

日記は破られた紙を最後に、白紙が続いている。

廃《すた》れた《遠音の儀》の手掛かりは、摑《つか》もうと思った瞬間、消えてしまった。

「十織累が自ら破ったのか。あるいは別の人間が破り捨てたのか。それは分かりませんが、

《遠音の儀》が途絶えた理由に、彼女が関わっていたことは確実でしょう」

真緒は小袖《こそで》の襟元《えりもと》をぎゅっと握る。

(破られた紙には、何が書かれていたんだろう?)

それは、おそらく《遠音の儀》に関わることであり――。

十織累にとっては、悲しい出来事だったのではないか。

◇◆◇◆◇

障子戸《しょうじど》を透かして、まばゆい朝日が差し込んでくる。空が明るくなってきた頃、真緒は織り機を動かしていた手を止めた。

昨日、離れで見つけた日記のことが気がかりで、眠ることができなかった。

真緒は溜息をついて、織っていたものを解《ほど》く。こんな風に、気も漫《そぞ》ろになった状態で織ったものは、とても外には出せない。

(あの日記からは、《遠音の儀》のことは分からなかった)

日記は、《遠音の儀》を直前にして破られていた。日記を書いた十織累という先祖返《せんぞがえ》りが、《遠音の儀》が廃れた理由に関わっていたことも推測できる。

だが、どのような神事であったのか。肝心《かんじん》なところが分からない。

（累様は、先祖返りで、当主で、何よりも機織だった。その人が《遠音の儀》に関わっていたなら、機織じゃないと難しい神事ってことだよね）

遠音とは、文字どおり、遠くから聞こえてくる音、遠くまで届く音のことだ。

そのまま解釈するならば、音にまつわる神事である。

真緒が、遠くの音として、思い浮かべるのは機織りの音だった。

一般的な機織りの音ではなく、十番様がおわす森に響く音だ。

「義姉《ねえ》さん。志津香は来ていないか？」

真緒は面《おもて》をあげる。工房の入り口に、義弟である綜志郎が立っていた。

「志津香なら、今日はまだ会っていないよ。こんな朝から探しているの？」

綜志郎は困ったように眉《まゆ》を下げる。

「あいつに付き合ってほしい用事があったんだけど、姿が見えなくて。義姉さんのところにもいないなら、何処《どこ》にいるんだか。邪魔して悪かった、志津香に付いている女中に聞くから、気にしないでくれ」

「志津香じゃないと難しい用事？　わたしが代わりに行こうか？」

急ぎ織る必要のあった、二上家からの依頼は済んでいる。いまの真緒は、比較的、手が空《あ》いている。

真緒の提案に、綜志郎は渋い顔になった。

「義姉さんでも問題ないけど、義姉さんが行くなら、兄貴を巻き込んだ方が良いかな。そうだな、義姉さんと兄貴で行ってくれ。兄貴、今日は邸《やしき》にいるよな?」

「終也? 外出の予定はなかったと思うけれど」

「なら、決まりだな。俺一人で訪ねるよりも、当主夫妻が顔を見せた方が、あの爺《じい》さんの機嫌も取れるだろ」

「誰かに、会いに行く用事だったの?」

「ちょっとだけ面倒な親戚《しんせき》。義姉さんは知らないと思う。義姉さんたちの祝言《しゅうげん》にも、体調不良を理由にして来なかったから。……ああ、ちょうど良い。兄貴! 昼から、俺の代わりに用事を済ませてくれ」

綜志郎は片手をあげる。ちょうど、終也が工房に向かってくるところだったらしい。終也は工房まで来ると、怪訝《けげん》そうな面持《おもも》ちになる。

「用事? 構いませんが、もしかして真緒も一緒にですか?」

「神社の翁《おきな》のところ。母様が、季節の御挨拶《ごあいさつ》に行けって」

途端、終也の顔が曇った。

「翁。ご体調を悪くされているのでは？　僕の祝言にも、親類の集まりにも、いらっしゃらなかったでしょう」

「あんなの建前《たてまえ》に決まってんだろ。本人はピンピンしているって噂《うわさ》だよ」

「翁のところならば、志津香に任せた方が良いかと」

「そりゃあ、志津香は気に入られているからな。……でも、考えてみたら、兄貴にとっては良い機会じゃないか？　義姉さんだって、翁と顔合わせしといた方が良いだろうし」

兄弟の会話は、真緒を置き去りにして進んでゆく。真緒は、二人の会話を遮《さえぎ》るように、おずおずと手を挙げた。

「どういう立場の人なの？　神社の翁さんって」

「花絲の街に、十番様を祀《まつ》る神社があるでしょう？　あの場所を管理している親戚です」

終也いわく、神社を管理しているのは、複数ある分家のひとつらしい。話にあがっている翁は、その分家の年長者であり、一族で最も高齢の者だという。

「気難しい爺さんだから、義姉さん、覚悟しておいた方が良いかもな」

「綜志郎。不安を煽《あお》るようなことは言わないでください」

「先に言っておく方が親切だと思うけどな？」

綜志郎は、わざとらしく溜息をついた。

真緒と終也は、花絲の街にある神社を訪れた。

石畳《いしだたみ》の敷かれた参道を歩きながら、真緒は嫁いだ頃のことを思い出す。この神社に来るのは、花絲の街を案内してもらったとき以来だった。

十織邸で暮らしていると、神社に足を運ぶような機会はないのだ。

この神社は、十番様の御利益《ごりやく》にあやかりたい者たちが集まる場だ。すれ違う参拝客のような、十織の一族以外のために設けられた場所だった。

十番様に拝謁《はいえつ》することは叶わなくとも、その存在を感じ取り、御利益にあやかりたい。そう願う者たちを受け入れるために、この神社は在る。

「すみません。翁への挨拶に、付き合わせてしまって」

「どうして謝るの？」

「翁の件は、僕が後回しにしていたことでもあります。本当ならば、綜志郎たちに任せず、もっと早く、当主として顔を出すべきだったのですよ」

「あんまり会いたくない人？」

「色々と言われることも多かったので、苦手には思っています」

「そっか。終也の気持ちを考えると、喜んじゃダメだと思うけれど。わたしは、十織の人に御挨拶できることは嬉しい。わたしも十織の人間だと思っているから。……それにね、ちょっとだけ期待しているの」

「期待？」

「十織の家で、いちばん歳《とし》を重ねた人なんだよね？　もしかしたら、《遠音《とおね》の儀》について、何か知っているかも」

「《遠音の儀》が途絶えたのは、百年以上前のことです。いくら翁が御高齢でも、生まれる前のことですよ」

「でも、何か伝え聞いているかも。わたしたちより、ずっと十織のことに詳しい人だと思う。志津香と話したでしょ？　皆で考えた方が良いって」

「なるほど。皆には、翁も入るわけですね」

終也は迷いのない足取りで、社殿の横を通り抜け、境内《けいだい》の奥に向かった。参拝客の姿が遠くなった頃、こぢんまりとした建物が見えてくる。

明らかに社殿とは造りの違う、平屋建ての邸だった。

先触れしていたこともあり、すぐさま、真緒たちは中に案内された。

待っていたのは、年老いた男だった。顔や手のしわ、曲がった背中を見るに、相当な高齢であろう。

「お久しぶりです、翁」

「わざわざ、御当主がいらっしゃるとは。どのような用事で？」

「季節の御挨拶に参りました。ご体調を崩されている、と聞いています。一族の集まりにもいらっしゃらないので、顔を合わせる機会を設けたかったのですよ」

「珍しく殊勝《しゅしょう》なことをおっしゃる。帝都にいた頃は、一族の集まりなど、ほとんど顔を出されなかったでしょうに」

「当時は、先代が存命でした。僕のような若輩者《じゃくはいもの》が、参加する意味はなかったと思います。……まだ、お怒りでしょうか？　花絲の街を出て、帝都にいた僕のことを」

「先祖返りを一族の外に出すなど、正気の沙汰《さた》ではありません。先代様には、最後まで反対したものですよ」

「僕は、帝都に出されて良かったと思います」

「あなたは良くとも、一族にとっては？　いずれ当主になると分かっていたならば、あなたは帝都になど行くべきではなかった。十織で育つことのなかった者が、我が物顔で、一族を取り仕切ることを、苦々しく思っている者もいるでしょう」

翁は吐き捨てる。物言いも言葉も、まるで容赦《ようしゃ》がなかった。

「苦々しく思っている方々は、僕がお飾りでいてくれた方が良いのですか？　違うでしょう。当主としての責務を果たせ、と、求めていたはずです。……昔はともかく、いまの僕は、十織の当主として努力しているつもりです」

「あなたの努力は、一族のためですか？　その娘を娶《めと》るために、一族の当主という立場を利用したのではありませんか？　あなたが、真実、十織に骨を埋めるならば、もっと相応《ふさわ》しい娘がいた」

「責めるべきは、僕でしょう？　真緒を侮辱《ぶじょく》しないでください」

　終也は声を荒らげた。

「侮辱していません。その娘には、何の非もない。非があるのは、終也様、あなたですよ」

「僕？」

「あなたが迎えるべき花嫁は、あなたが愛する娘であってはならなかった。情ではなく、立場を取るべきだった。十織の血を繋《つな》ぎ、家を守るために、最善の妻を迎えるべきだった。先祖返りは、人として生きることはできないのだから……」

「止めてください」

　翁の言葉を遮るよう、真緒は声をあげた。

「真緒」

「わたしが終也の手を取ったのは、わたしの意志です。わたしが決めたことです。誰にも、終也にも非はないと思っています。――真緒と申します。はじめまして、御挨拶が遅くなって申し訳ありません」

真緒は背筋を正して、翁に向かって頭を下げた。

終也が、真緒のために怒ってくれたことは嬉しい。だが、真緒たちは、この場に喧嘩《けんか》をしに来たわけではない。

翁は毒気を抜かれたのか、小さく溜息をつく。

「お顔をあげてください。存じておりますよ、《織姫《おりひめ》》。花絲で、あなたを知らない者はいません。あの家も、惜しいことをしたものです。あなたのような機織を大切にしなかった」

翁は知っていたのだろう。一人歩きした《織姫》という名も、真緒がどのような境遇にあったのかも分かったうえで、真緒のことを見ている。

「いま、十織が大切にしてくれるので良いんです。……十織のために、たくさん織ります。今は難しくても、いつか、わたしのことも認めてもらえたら嬉しいです」

「……話に聞いたよりも、ずっと謙虚に振る舞われるのですね。あなたが嫁《とつ》いだ頃、孫から、ずいぶん傲慢《ごうまん》な娘と聞いておりましたが」

「お孫さん?」

「志津香様のところに、ひとり居るのですよ」

真緒は察する。彼の孫娘は、志津香についている女中の一人なのだ。今は良好な関係を築いているが、嫁いだ頃は、上手《うま》くいかないこともあった。

「傲慢……欲張りでは、あるのかもしれません。叶うなら、十織の人たちに認めてもらいたい、と思います。当主の花嫁としても、十織家に属する機織としても」

真緒は顔をあげて、真っ直ぐに翁を見つめた。

「その言葉が、あなたの本心であるならば良いのですが。――終也様。今さら、こんな老いぼれの顔を見に来て、どのような、おつもりですか」

「御挨拶に参りました、と申したはずです。あなたは複雑でしょうが、僕は当主となりましたから。……それに、お聞きしたいこともあったので」

終也の言葉に続けるよう、真緒は口を開く。

「《遠音の儀》について、ご存じですか?」

翁の目が、一瞬、大きく開かれる。

「まさか。お気づきだったのですか?」

「気づく?」

真緒が食いつくと、翁は眉間《みけん》にしわを寄せる。

「とぼけないでください。わざわざ、本家の当主夫妻がいらっしゃったのは、私どもを糾《きゅう》弾《だん》するためなのでしょう?」

翁は痛いところを衝《つ》かれたように、早口になる。

「僕は何も知りません。本家から責められるような、後ろ暗いことがあるのですか? それも《遠音の儀》に関わることで」

「本家に御報告するようなことでは、ございません」

「それを判断するのは、本家の人間でしょう?」

終也と翁は、しばしの間、睨《にら》み合う。やがて、翁の方が根負けしたのか、渋々といった様子で口を開いた。

「この神社に何が納められているのか、ご存じでしょう?」

「十番様の《殻《から》》でしょう? 遠い昔、十番様が脱皮したときの殻。蜘蛛《くも》は、脱皮する生き物ですからね」

(十番様の脱け殻。考えてみたら、おかしな話じゃない。この神社は、十番様の御利益にあやかりたい人たちが訪れる場所だから)

十番様はいらっしゃらなくとも、十番様と縁のあるものが納められているのだ。

「異変が起きたのは、この冬になってからのことです。——不思議なことに、夜毎《よごと》、十番様の殻が動くのですよ。まるで意志を持っているかのように」

「誰かが、動かしているのではなく？」

終也は問う。脱け殻ならば、独りでに動くはずがない。

「人の仕業《しわざ》ならば、どれほど良かったでしょうか。私には、こう思えてなりません。長らく《遠音の儀》が行われなかったから、異変が起きているのだ、と」

「それならば、願ったり叶ったりではありませんか？　僕たちは、その神事を再開させたい、と思っているのですから」

「私は、あの神事については、二度と執り行うべきではない、と思っています。いま異変が起きているとしても」

「何故？」

「言えません。私と年齢の近しい者は、皆、同じことを言うでしょう」

「教えていただくことは、難しいですか？」

「一度、廃《すた》れたからには、相応の理由があるのですよ。今さら再開したところで、誰も幸せにはなれません。……悪意あって、申し上げているのではありません。終也様が、累様の二の舞を演じないよう進言しておるのです」

「僕が、彼女と同じ道を辿《たど》らないように、と。翁は、彼女をご存じで？」

「面識はありません。しかし、当時、何が起きたのか知っています。親から聞かされている世代なのですよ、我々は。だからこそ、皆、口をつぐむのです」

「口をつぐむのは、十織の先代が、神事を再開するには早すぎる、と言っていたことと、同じ理由なのでしょうか？」

翁は何も言わず、目を伏せるばかりだった。

◇◆◇◆◇

冷たい夜風が、十織邸の裏にある森を吹き抜ける。

十番様のおわす森には、相変わらず、かたん、かたん、と機織りの音が響く。真緒は、遠い異界から響くような音色に耳を澄ませながら、翁の言葉を思い返した。

(神社にある、十番様の殻に異変が起きている。その原因が、《遠音の儀》が廃れたことにある。翁は、そう確信しているみたいだった。それなのに、どうして、再開するべきではない、と言うの？)

「工房にいないと思ったら、こんなところにいたのですね。そんな薄着では、風邪《かぜ》を引きますよ」

振り返ると、オイルランプを片手に、終也が立っていた。彼は自分の羽織《はおり》を脱いで、真緒の身体《からだ》に掛けようとする。

「待って。終也が風邪を引いちゃう」

「僕は、風邪など引きません。でも、そうおっしゃるなら、こうしましょうか」

終也は羽織を広げると、背後から真緒のことを抱き込んだ。

「あったかい」

「それは良かった。先ほど志津香から聞いたのですが、綜志郎や母様は、《遠音の儀》について心当たりがないようです」

「薫子様も知らないってことは。やっぱり、一族でも、かなり上の世代の方々しか伝え聞いていないってことだよね」

「……邸《やしき》に戻ってから、いま一度、昔の記録をあらためました。十織累。彼女は亡くなっていました」

真緒は息を呑《の》む。

彼女は先祖返《せんぞがえ》りだから、いまも此《こ》の世で息をしている。そう考えていたが、事実は違ったのだ。

「十織から、旅立ったわけじゃないの？」

「はい。亡くなったのは、おそらく《遠音の儀》が行われた日です」

「日記の、破られた部分」

十織累の日記は、不自然に破かれた紙を最後にして、何も語られなくなった。おそらく、破かれた日に、何かが書かれていたはずなのだ。

「彼女の死因は分かりません。ただ、先祖返りであり容易には死ねないこと、不自然に破られた日記を思えば、何か恐ろしいことが起きたのだと思います。最後に《遠音の儀》が行われたとき、不幸な出来事があったのでしょう」

「当主である累様が亡くなったことが、不幸な出来事？　だから、遠音の儀は途絶えた」

「それは違うと思います。彼女の後にも、十織家は続いてきました。彼女が亡くなったところで、次の当主が、遠音の儀を行えば良かったでしょう？」

仮に、遠音の儀が、十織家の当主が行う儀礼だったとしても、途絶える理由はない。

「先祖返りじゃないとできない、とか？」

「十織の一族に、いつも先祖返りがいるわけではありません。途絶えるまで、毎年行われていたことを思えば、先祖返りでなくとも構わなかったはず。……真緒。僕は、正直なところ、何もしなくとも良いと思っています」

「このまま、《遠音の儀》のことを忘れる？」

「神社に納められている、十番様の殻に異変が起きている。そのことは気がかりではありますが……」

「終也は、《遠音の儀》のことを考えたくない？　最初から、乗り気ではなかったよね」

「否定はしません」

「当主としては、神事を再開するべきだと思っているんだよね？　だって、神事には、十番様との結びつきを強める意味もあるから」

これからの時代、ますます神の血は薄まり、遠ざかってゆく。十番様が末永く一族と共にあるよう、力を尽くすべきだ。

そのようなことは、真緒に言われなくとも分かっているはずだ。

真緒は体勢を変えて、終也に向かい合った。片手を伸ばし、終也の頰《ほお》を包む。互いの顔がよく見えるように。

「でも、十織の当主じゃない、ただの終也にとっては、つらいことなんだよね？　そう思うだけの理由があるんでしょ？」

その理由は分からない。だが、終也が板挟みになっていることは分かる。

一族の当主として、責任を果たさなければならない。

だが、終也個人としては、《遠音の儀》に関わりたくないのだ。おそらく、その儀礼が途絶えたことに、十織累――終也の前にいた先祖返りが、関係しているからだ。

終也は目を伏せて、真緒の手に頬を擦り寄せた。

言葉はない。だが、それこそ、彼の返事なのだろう。

「わたしに任せてくれる？　終也にできないことは、わたしがするよ」

十織の未来を、何よりも終也の未来を考えるならば、《遠音の儀》は再開するべきだ。

だが、それで終也がつらい思いをすることは、真緒の望みではない。

「明日、また神社に行こうと思うの。異変が起きているのなら、やっぱり放っておくわけにはいかない。それが《遠音の儀》に関わることなら、なおさら」

翁《おきな》は、間違いなく、《遠音の儀》が途絶えた理由を知っていた。

◇◆◇◆◇

翌日。真緒は再び、神社の翁を訪ねた。

翁は目を丸くする。

「お一人ですか？　当主の妻が、一人で外に出るものではありません」

「ご心配いただき、ありがとうございます。家の者に送ってもらったので、大丈夫です。あなたのお孫さんに」

普段は志津香に付いている女中だが、頼み込み、神社までついてきてもらったのだ。彼女は快《こころよ》く引き受けてくれた。そして、彼女だけでなく、たまたま手が空《あ》いていた綜志郎も、境内《けいだい》までは付き添ってくれた。

「孫娘は、失礼を働いていませんか？」

「とても良くしてくれます」

嫁《とつ》いだ頃とは違う。十織邸にいる人々は、皆、少しずつ真緒を受け入れてくれた。

「それなら良いのですが。あまり家のことを教えずに育てたので、至らないところも多いかと思います」

「御家のことを知らないのは、わたしも同じなので。――《遠音の儀》について、お尋ねしたいことがあります」

「私から言えることはありません」

「わたし、最初は《遠音の儀》って、あった方が良いけど、なかったとしても大きな問題にはならない。そういう神事だと思っていたんです」

十織には、様々な神事がある。

たとえば、《糸賜《しし》の儀》。あれは十番様の紡《つむ》いだ糸を賜《たまわ》るために、必要なものだ。途絶えたら、十織家の生業《なりわい》に問題が出てくる。

だが、《遠音の儀》は、途絶えても大きな問題が起きなかった。問題が起きなかったからこそ、百年、廃《すた》れたままでも許された。

そのように思っていたが、実際のところは、少し違うのだろう。

黙り込んだ翁に向かって、真緒は続ける。

「廃れて百年は問題がなかった。でも、これから先も、そうとは限りません。現に、神社に納められている十番様の殻《から》に、異変が起きているんですよね？」

「それでも、再開するべきとは思いません」

真緒たちの間に、沈黙が落ちる。

真緒は、しばし考え込んでから、頭の中を整理するよう話し始める。

「先代様は、《遠音の儀》を再開するつもりでした。けれども、まだ早い、と言っていたそうです。当時の終也には、まだ早い、という意味だと思います。――今は？　今は、どうだと思いますか？」

もし、先代が生きていたならば、今の終也を見て、どのように判断するのか。長く生き、十織の一族を守ってきたであろう翁の意見が聞きたかった。

「……あなたは、終也様のお姿を知っておられますか？」

姿。それは、普段の終也のことではないだろう。

心や身体が弱ったとき、終也の姿は神様に近くなる。すなわち、先祖たる十番様とよく似た姿かたちを取る。

夜に溶け込むような、真っ黒な大蜘蛛《おおぐも》だ。

「知っています」

「恐ろしくはありませんか？」

「いいえ。わたしの目には、どんな終也も美しく映ります」

翁は、まぶしいものを見るかのように、目を細めた。

「もし、先代様が生きていたら、こう、おっしゃるでしょう。今ならば、再開できる、と」

「今の終也なら、大丈夫だと思うんですね」

「あなたが、心から終也様のことを受け入れている。そうおっしゃるならば、終也様は、累様と同じ道は辿《たど》らない」

翁は言葉を濁《にご》したが、真緒にも察するものがあった。

十織累という先祖返りは、終也と同じように、蜘蛛の姿を持っていたのだろう。

おそらく、彼女は伴侶《はんりょ》として迎えた男に拒《こば》まれた。それが破られた日記に書かれているであろう、悲しい出来事に繋《つな》がった。

「なら、神事を再開しましょう。十織が、末永く十番様と共に在るために」

十織家に、十番様が在り続けることは、これから長い時を生きるであろう終也を、後の世まで守ることにも繋がる。

「あなたは、良くも悪くも真っ直ぐなのですね。あなたの織る反物《たんもの》のように」

「わたしの織ったものを見たことがあるんですか？」

「もちろん。花絲の街で一番の機織。それは、代々、十織家の者を指していたのですよ。先代様がそうであったように。《織姫》、あなたが現れたことで、当代の十織は面目を潰されたわけです」

「それは」

織姫という名は、真緒自身が望んで得たものではなかった。織りあげた反物が、世に出回り、結果的に、その呼び名が一人歩きしただけだ。

「あなたの責任ではありません。私のような古い連中が、勝手にそう思っただけのこと。結局、あなたは終也様の伴侶として迎えられた。先代様が望む形ではなかったのでしょうが、十織家に、街一番の機織がいる。あなたがいることで《遠音の儀》は成り立つ。あれは、街一番の機織が織る音を、遠くまで届ける儀礼なのです」

《遠音の儀》という名前を知ったとき、真緒が思い浮かべた音は、十織の森に響く音だった。

「遠くって、何処《どこ》に？　十番様の森ではないですよね。あそこには、いつも機織りの音が響いていています」

「《遠音の儀》は、十織邸の在る山ではなく、この神社で、毎年、執《と》り行われていたそうです。街一番の機織りの音を、十番様の森に響く音に見立てるのです」

十番様がおわすのは、十織邸の裏にある森だ。

花絲の町にある神社は、十番様の御利益《ごりやく》にあやかりたい人々のために建てられたもので、実際に十番様がいるわけではない。

だが、ここには十番様の殻があった。

「脱け殻でも、十番様の一部だから？」

「一部だからこそ、機織りの音を届けなくてはならなかった。……百年もの沈黙を破り、夜毎《よごと》、まるで意志を持っているかのように、脱け殻が動くのは、きっと。機織りの音を求めているのでしょう」

寂しい、寂しい、と十番様の一部が泣いている。

そんな風に、翁は語った。


真緒は十織邸に戻ると、終也を連れて、《離れ》に向かった。

十織累が使っていたであろう部屋には、変わらず糸があった。衣桁《いこう》にも、彼女が織ったであろう反物が掛けられている。

だが、ここには織り機がない。

おそらく、十織累の織り機は、いまも花絲の神社にある。彼女が、《遠音の儀》を執り行ったときのまま、時を止めているのだ。

「機織りの音を、届ける儀礼なんだって」

「音？」

「十番様のいらっしゃる森には、いつも機織りの音が響くでしょう？　あれは、きっと、十番様が愛した機織が、あんな風に織っていた、という証《あかし》なんだと思う。その音に見立てて、神社に機織りの音を納めるの」

「十番様の抜け殻に、機織りの音を聞かせるのですか？」

「抜け殻であっても、十番様の一部だから、寂しくないように。ずっと、十織家の機織が音を納めて、慰めていたの」

「この家で、いちばん腕の良い機織が納めたのですね？　本来ならば、それは当主でしょう。花絲で一番の、十番様に愛されるような機織」

終也にも察するものがあったのだろう。

翁いわく、昔から街一番の機織と言えば、十織家の者だったという。織物の街を治める家として、当然の帰結だった。

終也の父や、十織累がそうであったように。

（わたしは、自分で《織姫》と名乗ったわけじゃない。それでも、古くから十織家にいる人たちにとっては、気持ちの良いものではなかった）

街一番の機織は、十織家の機織であるべきだった。

「機織になれなかった僕の代わりに、君が織ってくれるのですね。……ねえ、真緒。糸を紡《つむ》ぎます。だから、僕の糸で織ってくれますか？　そして、叶うならば、君が織るとき傍にいさせてください」

「でも」

「子どもの頃、機織りの音を聞くと、いつも具合を悪くしていました。街に響く機織りの音を耳にするほど、僕の居場所は、ここにはない、と嘆《なげ》いていました」

終也の過去を思えば、無理もない。

彼は先祖返《せんぞがえ》りとして生まれ、母親から拒まれた。家族と離れて暮らすしかなかった彼にとって、十織家の家業たる機織りは、近寄りがたいものであったはずだ。

「いまは違う？」

「君と出逢《であ》うことができました。だから、ここで生きてゆきたい。ここが、僕の居場所であれば良いのに、と思います。だから、きっと大丈夫です」

終也はそう言って、真緒の身体《からだ》を抱きしめた。

◇◆◇◆◇

夜も深まり、参拝客もいなくなった頃。

真緒と終也は、花絲の街にある神社を訪ねた。

「お待ちしておりました」

迎えてくれた翁は、社殿の奥へと、真緒たちを案内してくれる。

四方に蠟燭《ろうそく》を灯した空間は、ほのかに緋色《ひいろ》を帯びていた。蠟燭で揺れる炎が、暗がりに濃淡をつけながら、空間のほとんどを占《し》める巨大な殻《から》を浮かび上がらせた。

大きな蜘蛛の脱け殻だ。正面に立つだけでは、全貌《ぜんぼう》を把握《はあく》できない。

だが、森におわす十番様を思えば、これでも小さい方なのかもしれない。多くの蜘蛛は、身体を大きくするために、殻を脱ぐのだから。

(抜け殻でも。やっぱり十番様の一部で、特別なものに感じられる)

不意に、板張りの床が軋《きし》んで、天井が揺れる。

脱け殻が、まるで足踏みでもするように、爪のついた脚を、かたん、かたん、と打ち付けているのだ。

翁の言っていたとおり、意志を持っているかのように、ひとりでに脱け殻は動いている。この場を壊して、何処かに向かおうとしているようにも思えた。

向かうとしたら、十番様のおわす森だろう。

真緒は背筋を伸ばして、一歩、踏み出した。

脱け殻に寄り添うように置かれた、織り機に触れる。

(きっと、累様の織り機)

彼女が《遠音《とおね》の儀》のために使ったのを最後に、百年以上もの間、時を止めた織り機だった。

傷んだ様子がないのは、大切にされてきた証だ。《遠音の儀》が廃《すた》れた後も、翁を含めて、この神社を管理する十織の一族が、ずっと大切に繋いできたのだ。

「真緒」

振り返れば、終也が見守ってくれていた。

真緒は頷《うなず》くと、織り機に向き合った。

織仕掛けを引き受けてくれたのは、翁だった。彼は、終也の紡《つむ》いだ糸を使って、何日も前から丁寧《ていねい》に織り仕掛けをしてくれた。

真緒は一呼吸して、織り機の前に座る。

踏木を動かし、杼《ひ》を使い、糸を打ち込んでゆく。

かたん、かたん、という機織りの音が、あたりに響く。

十番様のおわす森に響く、あの音を思い出し、重ねるように、真緒は織った。

(累様も、こんな風に織ったのかな)

彼女は、どのような機織だったのだろうか。

気づけば、十番様の殻は動きを止めていた。まるで、音色に満足したかのように。

振り返ると、終也の隣にいた翁が、一筋の涙を流していた。その涙の意味を、真緒は知りたいと思った。

真緒たちは、翁につれられて、神社の境内《けいだい》を歩く。

黙り込んだ翁の目元には、涙の痕が残っている。

「累様のこと、教えてくれますか？」

真緒の言葉に、翁は足を止める。そうして、観念したように口を開いた。

「お亡くなりになったのは、私が生まれる前のことでした。ただ、私の親世代から、良く話を聞かされました。——自ら命を絶った、彼女のことを」

真緒は息を呑《の》む。

離れで見つかった日記は、破られた紙を最後に途切れていた。

書き手であった彼女が、命を絶ったからこそ、日記は《遠音の儀》を境に、何も語らなくなったのだ。

おそらく、破られた紙には、彼女が自殺する直前のことが書かれていた。

「どうして」

「当時、彼女には夫君《ふくん》がおりました。仲睦《なかむつ》まじい夫婦だったそうです」

「知っています。遠縁の方でしょう」

「そう、遠かったのです。血の繫がりこそあれど、神在《かみあり》の何たるかを知らなかった。……終也様、あなたと違って、彼女は拒《こば》まれた。先祖返りとしての己を否定されたのですよ、自らの伴侶《はんりょ》に」

真緒の脳裏《のうり》に、今までの終也の姿が過《よぎ》った。終也がどのような姿であっても、真緒にとって、終也は大切な人だった。

出逢ったとき、どのような姿でも、きっと好きになる、と思った心は変わらない。

だが、真緒は知っている。終也のことを、受け入れることができない人々もいることを。

「《遠音の儀》は、十番様の脱け殻の前で、行ったのでしょう？　累様の夫君は、そのとき、はじめて身を以《もっ》て、十番様の姿を知り、恐れた。御伽噺《おとぎばなし》のように思っていた、他人事《ひとごと》のように感じていた神が、恐ろしい存在だと知った。……累様は、そのお気持ちに気づかず、打ち明けたそうです。自分は十番様と似ている、と」

「化け物、とでも呼ばれましたか？　きっと、そのとき彼女の心は折れたのでしょう」

終也は眉《まゆ》をひそめる。まるで、自分がその言葉をぶつけられたかのように。

「化け物と呼ばれただけでなく、もっと酷《ひど》い言葉も、たくさん言われたそうです。その話を聞いてから、ずっと思っておりました。先祖返りならば、心までも神のように在るべきだ、と。中途半端に、人の心を得てしまったから、苦しむのだ、と」

「僕には、人の心などありませんよ」

「いいえ。終也様、あなたにも人の心がある。だからこそ、いつか苦しむと思いました。恋しく思う相手との婚姻など結ぶべきではなかった。御役目のために、妻を迎えるべきだった。そう、少し前まで思っていました」

翁《おきな》は、ずっと終也のことを案じていたのかもしれない。累のことを知っていたからこそ、同じ先祖返りたる終也に、二の舞を演じさせたくなかった。

「今は違うのですね」

「あなたは、あなたを受け入れ、愛してくださる伴侶を迎えた。ならば、累様のようには、なりますまい。……終也様、あなたは長き時を生きるでしょう。それは、たくさんのものを背負うということです。神が遠ざかってゆく時代に、神に近く在り続けることは、決して容易な道ではございません」

「僕は、愛する人に、僕は美しいのだと、綺麗《きれい》なのだ、と教えてもらいました。真緒を守るために、いいえ、真緒が与えてくれた全てを守るために、最後のときまで戦います。たとえ、誰もが僕を置き去りにしていっても」

終也のまなざしに、翁は笑った。

朝焼けが、空を美しい紫に染めゆく。

「終也。ひとつ聞いても良い？」

「……？　はい」

「どうして、累様の日記を破ったの？」

澄み切った朝の風が、終也の髪を揺らしている。柔らかな朝日に照らされた横顔は、真緒の問いに対して、動揺《どうよう》している様子はない。

ただ、否定も肯定もしないことが、答えなのだろう。

「終也は、最初から知っていたんだよね？　《遠音の儀》のことも、累様が自ら命を絶ったことも」

「何処《どこ》から、おかしい、と感じたのですか？」

「はじめは、日記の筆跡。表紙に書かれた累様の名前と、中に綴じられた紙では、筆跡が違うなって思ったの。そのときは気づかなかったけど。表紙の字は、終也の書いたものだよね？」

一瞬しか見えなかったうえ、十織累の筆跡に似せていたので、すぐには気づけなかった。だが、後になって考えたとき、終也がくれる手紙の字と同じだと思ったのだ。

「表紙の文字は、僕が書いたものです」

「累様だったら、自分の名前を書いたりしないもんね」

「ええ。自分の持ち物と分かっているものに、名前を書く必要はありません。他には？」

「表紙が日焼けしていることも気になったの。箪笥《たんす》に仕舞われていたのなら、焼けるはずがないよね。本当は、日の当たる場所に放置されていたんじゃないかな」

積み重なった小さな違和感を、そのままにはできなかったから、真緒は考えた。

「上手《うま》くいきすぎた、と。そう思われたのですね」

「うん。終也が、それとなく誘導してくれたんだよね？」

知らず知らず、導かれていたのだ。《離れ》で十織累の日記が見つかったことも、はじめから終也が仕込んでいたことだった。

「僕は、《遠音の儀》が廃れたままでも良かったのです」

「調べたけど、何も分からなかった。だから、再開することはできない。そういう結論にしたかったんだね？　日記を破ったのも同じ理由？」

「そのとおりです。僕は、十織累の死因を隠したかったので」

終也は最初から、《遠音の儀》に関わることに消極的だった。

志津香が《遠音の儀》について話を持ってきたことは、終也にとっては予期せぬ出来事だったのだ。

　その神事について調べるならば、自然と、十織累の死について明らかになってしまう。

「神社の翁に、挨拶《あいさつ》に伺《うかが》うことになったのは誤算でした。翁が、《遠音の儀》について話したのも意外でした」

「あれは、わたしの力ではなくて。翁が、終也のことを心配していたからだよ」

　真緒は、十織の一族に生まれた翁にしてみれば、突然現れた、得体の知れない娘だ。翁は、真緒のために力を貸してくれたのではない。

「僕が、累様のように自ら命を絶つ。そう心配されていたのでしょうね」

「累様の死因を隠したかったのは、累様のため？」

　悲しい死について隠すために、そうしたのか。

「ふふ。それは、僕のことを買いかぶり過ぎです。僕が、僕のために隠したのですよ。一瞬でも、同じ道を辿《たど》るかもしれない、と恐れた、僕の弱さです。僕には君がいるのに、不安になってしまったのですよ」

「わたしは、どんな終也でも綺麗だって、美しいって思うよ」

「知っていますよ。でも、想像してしまったのです。……僕は、累様のお気持ちが良く分かります。心から愛する人に、化け物、と拒まれたとき、その傷は深く、取り返しのつかないものだったでしょう」

終也は、母に拒まれたときの傷を思い出しただけでない。

そのようなことは有り得ないが、真緒に拒まれるという未来を、一瞬でも想像してしまったのかもしれない。

真緒は手を伸ばして、終也の頬《ほお》に触れる。

「それでも。悲しいことばかりではなかった。そう思うのは、変かな？　最期は悲しいものになってしまったけれども、幸せな思い出もたくさんあったはず」

十織累。終也の前に生まれた先祖返《せんぞがえ》りであった女性。

日記を読む限り、彼女にも幸福な日々があったことは確かだった。伴侶を愛し、限られた時間でも共に生きようとしていたことは紛《まぎ》れもない真実だ。

「自ら命を絶った彼女のことを、弱い、と思いますか？」

「ううん。痛くて、苦しかったんだと思うから」

幸福であったからこそ、拒まれたことに傷ついた。身を切られるような痛みと、真っ暗闇のような絶望に呑まれて、彼女は死を選んだ。

先祖返りたる女性が、どのように命を絶ったのか。

容易には死ぬこともできない身体《からだ》で、自ら命を絶ったのならば、語ることも憚《はばか》れるような壮絶《そうぜつ》な最期であったはずだ。

「もし、僕が君と出逢《であ》っていなければ。同じように、いつか何もかもに耐えきれなくなって、命を絶っていたかもしれません」

「そうかな？　いつか、わたしと同じように、終也のことを好きになってくれる人が現れる、と思いたいな」

「少しは妬《や》いてくださらないのですか？」

「妬かないよ。終也がたくさんの人に愛されていてほしいって、祈っているもの。あなたの幸せが、わたしの幸せだから」

終也は小さく息をついてから、真緒を抱き寄せる。真緒は、素直に甘えるように、彼の背中に腕をまわした。

「わたしの一番大事にしたい人を、たくさんの人が大事に想ってくれるのなら。それが、終也にとって一番良いことでしょう？　わたし、ちゃんと分かっているから、いまは心配したり、不安になったりしないの」

「ちゃんと分かっている？」

「終也が、わたしのことを大好きだって、大切なんだって、そう想ってくれていることを分かっているの。いつか、たくさんの人から愛されても、あなたは、わたしのことを切り捨てたりしない。死ぬまで、ううん、死んだ後も愛してくれる」

不安になる必要はない。終也は、いつも真緒のことを想ってくれている。

終也からの返事がなかったので、真緒は顔をあげようとする。しかし、それを拒《こば》むように、彼は、真緒を抱きしめる腕に力を込める。

「今、顔を見ないでください」

「でも。間違っていないよね？　終也は、いつもわたしを大事にしてくれるから」

「大事に思っています。君がいつか僕を置いて、死出《しで》の旅に向かった後も変わらず、君を一番に想っているでしょう。……忘れないでくださいね。僕が、人の世で生きることができるのは、君がいてくれるからだ、と」

「うん。忘れないよ、ぜったい」

真緒は美しい朝空の下、終也の胸元に頬を擦り寄せた。

幕間 弐 帝都行の列車

真緒《まお》は《遠音《とおね》の儀》について話し終える。

もちろん、十織累《とおりるい》の死因は伏せ、神事にまつわることのみだが。

つい最近のことであるのに、ずいぶん昔の出来事に思えるのは、その後に起こった事件のせいだ。

《遠音の儀》が終わり、春を迎えた後、宮中では皇子たちが命を落とした。

下手人《げしゆにん》と疑われた恭司《きようじ》は、天涯島《てんがいじま》に逃亡を図った。そうして、真緒たちは様々な事実を知ることになった。

「《白牢《はくろう》》から花絲《はないと》に帰った後も、慌ただしい日々を送っていたのだな。存外、興味深かった。神在《かみあり》は、たいてい独自の慣習を持っているだろう？　宮中にも記録は残っているが、実際、当事者から話を聞くことは稀《まれ》だからな」

「宮中にも、神在の記録があるんですか？」

「いろいろ記録はある。昔は、神在の行事に、皇族が参加したこともあるくらいだ。もちろん、外の者たちに見られても問題のない行事だろうが」

「いまは、あまり？」

「そうだな。今は、帝の神在嫌いもあって、ほとんど関わらない」

「昔は、もう少し仲が良かったんですよね？　神在と宮中は」

「仲が良かったというのは正しくないが、もう少し均衡が取れていた。互いに睨《にら》み合い、均衡を保っていたわけだ」

「……いつか、仲良しになれると良いですね」

「それは難しいだろう。俺たちと神在は、根本的に別の生き物だからな」

「わたしは、神様と人は、手を取り合って一緒に生きている、と思っています。だから、宮中と神在も、いつか」

「それを、帝《みかど》に言えるか？」

真緒が言葉に詰まると、志貴は畳《たた》みかけるように続ける。

「お前が思っているよりも、ずっと、帝の神在への憎しみは深い。天涯島に行ったとき、恭司が言っていただろう？　――帝の心は、壊れている、と。俺も、ずっとそう思っていた。あの御方の心は、とうに壊れている」

窓枠《まどわく》に肘をついて、志貴は小さく零《こぼ》した。

「わたし、ずっと、帝のことを恐ろしい人と思っていました。でも、それだけではないことを、恭司様のお話で知りました。志貴《しき》様の目には、帝は、どんな人として映っていましたか？」

「人づてに何かを聞いたところで、当人の心までは分からない。余計な想像を膨《ふく》らませるだけではないか?」

「そうかもしれません。誰かの心は、外側からは見えないから。でも、お話を聞きたいです。志貴様は、宮中で生まれ育って、ずっと帝のことを見ていたでしょう?」

志貴にとっては、悪い思い出なのかもしれない。だが、思い出話のひとつやふたつできるくらいの関わりはあったはずだ。

「今となっては、肉親としての情はない。だが、幼い頃は、あの御方に、父親としての顔を期待していたこともあった」

「期待?」

「憧れとも言う。ごく普通の、父と子として過ごす日々を夢見た」

遠い日に思い馳《は》せるように、志貴は目を伏せた。

二、

憧憬を殺す

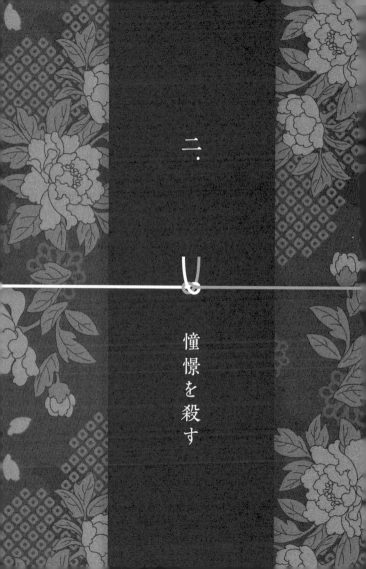

必ず帝《みかど》になりなさい。

志貴《しき》のことを抱きしめながら、母は繰り返し、耳元で囁《ささや》いた。物心ついたときから、毎晩のように聞かされていたことだった。

故に、志貴は疑いもせず、自らが帝になるのだと信じていた。

(信じなければ、母上は俺のことを我が子として見てくれない)

志貴が、帝になる、と応えるときだけ、母は穏やかに微笑《ほほえ》んでくれる。白魚《しらうお》のような指で、志貴の頬《ほお》を撫《な》でてくれた。

母の心は、まるで嵐のようだった。

ひとたび落ちついたと思えば、激しく感情を露わにすることを繰り返す。

帝に輿入《こしい》れする前までは、美しく聡明な女であったというのに、いまの彼女には見る影もない。帝の寵愛《ちょうあい》を得られぬことで追い詰められ、嫉妬《しっと》にかられ、膨《ふく》れ上がった憎悪に振り回されている。

側仕《そばづか》えの者たちは、変わり果てた母を見て、いつも嘆《なげ》いていた。

――お労《いたわ》しや。憎き羽衣姫《ういひめ》さえいなければ、きっと帝に愛されたでしょうに。

「志貴。あなたは誰よりも賢くなるのよ。誰にも思わせてはなりません、あの女が産むはずだった皇子こそ帝にふさわしかった、と」

母はありたけの憎しみを滲《にじ》ませて、あの女、と声を震わす。

それは、志貴の異母弟《おとうと》——末の皇子となる赤子を産むはずだった、とある女性のことを指していた。

羽衣姫。六久野《むくの》という亡びた神在《かみあり》の血を引く、帝が最も寵愛した姫君。

志貴が幼い頃、腹の赤子と共に亡くなった妃だった。本来ならば、末の皇子という呼称は、志貴ではなく、その異母弟に授けられるはずだった。

（母上は、俺こそ帝にふさわしい、とおっしゃる。俺もそう思いたい。だが、父上は、俺ではなく、生まれるはずだった異母弟を、後継にしたかったのではないか？）

「ご安心ください。志貴は、必ずや帝になってみせます」

志貴は、胸のうちにある疑念を黙ったまま、母を安心させるよう微笑むのだった。


静かな夜に、虫の音だけが寄り添っていた。

夜も更け、皆が床につくような時刻になっても、志貴は眠らない。文机《ふづくえ》の傍に明かりを灯して、積み上がった書物を引き抜き、開く。

昼間に教えられたことを、繰り返し、頭に覚えさせるために。

（母上を、一門を、失望させてはならない）

日中、志貴のもとには、いつも勉学の師がいる。

入れ代わり立ち代わり、様々なことを教えにくる人々は皆、母の手の者たちだった。否《いな》、正確には、母の生まれた一門から、志貴のもとへ派遣されている。

母の生まれは、旧《ふる》くから帝に仕え、宮中でも指折りの勢力を誇る一門だ。

彼らは、神無《かみなし》の身でありながらも、様々な手を尽くし、一門の力を維持してきた。

その一つが、いずれ帝となる皇子を産む女を、宮中に送り込むことだった。帝の外戚《がいせき》として力をふるうための下準備だ。もちろん、すべての時代で、それが叶ったわけではないが、一門から多くの女たちが宮中に輿入れし、妃となったことは変わらない。

今上帝《きんじょうてい》を産んだ妃も、志貴の母も、一門の出身である。

──しかし、今上帝は、一門の手を離れてしまった。

今上帝は、本来ならば即位するような立ち位置ではなかった。生まれも遅く、帝位から遠い皇子として捨て置かれていた。一時期は、宮中ではなく、六久野という神在の領地で過ごしていたほどだった。

一門を含めて、誰もが帝になると思っていなかったのだ。

そんな状況で、予期せず即位した帝は、当然のように一門の指図を受けなかった。

今上帝に期待できないならば、次代に望みを託すしかない。一門の血を引き、一門が強い影響力を持てる皇子を即位させることに、彼らは舵《かじ》を切った。

志貴の母は、そんな一門の願いを叶えるために、志貴を生んだのだ。

母は、誰よりも賢くなりなさい、と言った。しかし、本当の意味で、志貴に求められているのは、一門に従順であることだ。志貴に教育を受けさせるのも、志貴に対する躾《しつけ》のひとつだ。

（だが、俺は傀儡《くぐつ》ではない。一門にとって、都合が良いだけの皇子にはなりたくない）

志貴が皇子であることは、拒《こば》むことのできない事実だ。様々な思惑によって生を享《う》け、多くの期待を背負わされていることも否定できない。

それでも、志貴には、志貴の心がある。

誰よりも賢くなるのだ。母や一門のためだけでなく、志貴自身の心を、人生を、奪われないために。

「このような夜更けに、何をしている？」

その声に振り返った瞬間、志貴は言葉を失った。

（どうして、帝が？）

志貴は、咄嗟《とっさ》に平伏した。

基本的に、宮中の行事以外で、今上帝の姿を目にすることはない。昔はともかく、いまの帝は、自らの妃や子どもたちが生活する場に現れることはない。

このような夜更けに、志貴の前に姿を見せる理由が分からなかった。

「顔を上げなさい。名は？」

「志貴と申します」

志貴は面《おもて》を上げると、やっとの思いで名乗った。

帝は、わずかに眉《まゆ》を動かす。それから、口元に手をあてると、ああ、と思い出したように零した。

「末の皇子か。そのような名前だったな、たしか」

温度のない淡々とした声に、志貴の胸は締めつけられる。

名乗ったところで、すぐに思い浮かぶことはない。帝にとって、血を分けた子どもは、その程度の存在なのだ。

『志貴。あなたは特別なのよ。あの御方から一字を賜《たまわ》ったのだから』

今上帝の名を、志信《しのぶ》という。

志貴の名は、帝の名から一字を賜ったものだ。他の皇子たちと違い、明確に、帝との繋《つな》がりを持たせられた名前である。

（本当に特別ならば、すぐに名前を思い出してくださるはずなのに）

志貴という名には、母が思うような特別な意味はなかった。

「勤勉なことだな」

志貴の胸中など知らず、帝は文机に広げられた書物に目を遣《や》った。

「……皇子として、当然のことです」

「当然。なるほど、そう躾けられているのか？」

志貴は覚《さと》った。帝は、志貴を通して、母や一門の影を見ているのだ。

「躾けられているつもりは、ありません。自ら望んでいるつもりです」

帝の物言いを否定するなど、あってはならない。しかし、躾けられたなどとは、どうしても認めたくなかった。

母にも一門にも情はあるが、言いなりになるつもりはなかった。

志貴は額に脂汗《あぶらあせ》をかきながらも、じっと、帝から視線を逸《そ》らさなかった。

「そうか。意地の悪い言い方をしたな。自ら望んでいるならば、結構なことだ。――ただの傀儡になりたいのならば、考える頭など、あっても不幸なだけだからな。お前は違うのだろう？」

「帝。そろそろ、お戻りになった方が宜《よろ》しいかと」

志貴たちの会話を遮《さえぎ》るよう、外から声がした。

冷や水を浴びせられたようだった。帝は一人ではなく側仕《そばづか》えの者がいる。そのようなことに気づかないほど、帝との会話に夢中になっていた。

「恭司《きょうじ》」

帝が、その名を口にした。

頭を下げながら室に入ってきたのは、大柄な男だった。帝よりも若く、外見だけならば二十代にも見える。

六久野恭司。

宮中において、悪い意味で有名な男だった。

立場としては、帝が固執していた羽衣姫と似ている。同じように六久野の生き残りであり、羽衣姫亡き今も、帝が傍に置き続けている男だった。

「あまり遅くまで起きていると、お身体《からだ》に障《さわ》ります」

「老体あつかいするな」

「失礼しました。ですが、夜風にあたるだけ、という話だったでしょう？　わざわざ、このようなところまで足を運ばれるとは思いませんでした。他の者に知られたら、騒ぎにもなりましょう」

帝は渋々といった様子で溜息をつく。しかしながら、恭司の言葉を撥《は》ね除《の》けるつもりはないらしい。

「志貴と言ったか？　今夜のことは、誰にも告げてはならない」

帝のまなざしが、真っ直ぐ、志貴を射貫《いぬ》いた。

「は、はい……！」

「よく学び、よく励《はげ》みなさい。それは、お前の力になる」

帝はそう言って、志貴に背を向ける。帝に追従《ついじゅう》する恭司は、志貴のことを一瞥《いちべつ》した後、興味もなさそうに歩きはじめる。

ひとり残された室で、志貴は胸元を押さえる。心臓が大きな音を立てていた。

（父上）

声に出すことはできなかった。だが、心の中で、帝のことを、そう呼ぶ。

志貴にとって、帝は遠い人だった。記憶する限り、まともに言葉を交わしたことも、今夜がはじめてだった。

母の愛する人であり、母を愛してくれなかった人だ。憐《あわ》れな母を思うならば、息子として、帝のことを糾弾《きゅうだん》するべきだったのかもしれない。

だが、志貴には、そのようなことはできなかった。

(母上よりも、ずっと。ずっと真っ直ぐ、俺のことを見てくれた)

帝のまなざしを独《ひと》り占《じ》めしたかった。


はじめての邂逅《かいこう》から、しばらくの時が流れた。

志貴の前には、時折、帝が現れるようになった。真夜中、誰もが寝静まった頃、六久野恭司を連れて、煩《わずら》わしい人々の目を忍ぶように遣《や》ってくるのだ。

志貴は、言われたとおり、帝の来訪を誰にも話さなかった。

帝の気まぐれであろうとも構わない。遠く、雲の上にいるような人が、志貴の傍にいてくれる夜を手放したくなかった。

恭司の存在さえ無視してしまえば、父と子で二人きりの時間を過ごすことができるのだから。

「神在《かみあり》について、か？」

志貴は、はっとして、文机《ふづくえ》に視線を向ける。

神在嫌いな帝が現れる前に、仕舞っておくべき書物だった。

昼間、志貴のもとに寄越された者は、神在にまつわる書物を置いていった。志貴は、すでに一定の知識を持っていたが、あらためて学ぶことに意味はある、と。

神在。

国生みのとき生まれた神を所有し、神の血を引く彼らは、いつの時代も、宮中にとって無視できない存在だった。

一番目から百番目までの神は、すでに半分以上、此《こ》の国を去った。それにも拘《かか》わらず、いまだに神在の一族は、強い力を持っているのだ。

領地に籠《こ》もり、役目に徹する家ならば、まだ分別《ふんべつ》がある。

宮中にとって扱いづらいのは、国の中枢《ちゅうすう》にまで影響力を持っている家だ。

領地だけでなく、軍部にまで根を張る一ノ瀬《いちのせ》。

悪《あ》しきものを祓《はら》う、七伏《ななふし》や百生《ももせ》のような邪気祓《じゃきばら》いの家々。

魔除けの反物《たんもの》を織り、宮中や神在にも大きな顔をする十織《とおり》。

未来視という力を持っているが故に、神在の中では珍しく、宮中と深い仲を築いてきた八塚《やつか》。

他にも、いまも此の国で生き残っている神在の一族は、場合によっては、宮中の政《まつりごと》にまで介入しようとする。

「……皇子である以上、神在と無関係ではいられません」

ました、志貴は周囲から、次の帝になることを望まれている。

帝として、此の国を治めるということは、神を持つ一族を相手取ることでもあった。

神の血を引かぬ身で、神の血を引く者たちと遣り合うことは、容易ではない。目の前にいる今上帝とて、何度も苦渋《くじゅう》を味わってきたはずだ。

「神在の連中と、交流があるのか？　宮中でも、お前が暮らすような場に出入りするのは、そこにいる恭司くらいだと思うが」

「八塚に、友人がおります」

八塚螟《めい》。志貴にとって、唯一といっても良い友人だった。

帝が神在を嫌っていることを思えば、誤魔化《ごまか》すべきだったろう。しかし、志貴は、帝の前では嘘をつきたくなかった。

「八塚。お前の友人となるならば、あの女当主の息子あたりか？　お前よりも幾つか年下だったと思うが、話は合うのか？」

帝の疑問は尤《もっと》もだった。志貴のような年頃にとって、数年ともなれば、心身ともに大きな差が出る。成長してからの数年とは訳が違う。

「幼いと思ったことはありません。螟は、とても聡明で、たくさんのことを知っています。神在だからでしょうか？」

志貴の友人は、見目こそ子どもらしいが、中身は成熟している。時に、志貴よりも博識で、年上を相手にしている気持ちになった。

「神の血が流れていようが、流れていまいが関係ない。よく学んできたからこそ、お前の言うように、聡明なのだろう」

「申し訳ございません。おっしゃるとおり、螟は、とても努力したのだと思います」

志貴はうつむく。一瞬でも、友人の努力を疑った自分を恥じた。

「自ら学ぼうとしない者は、いつまでも力を持てず、木偶《でく》のままだ。それでは、何ひとつ自由になるものなどない。――恭司」

「こちらにおります」

「見てやれ。神在のことならば、お前の方が詳しいだろう」

「よろしいのですか？　余計なことをお教えするかもしれません」

「良い。お前は弁《わきま》えているからな。羽衣とは違って」

志貴の胸はざわめく。羽衣、と呼んだ帝の声には、ひどく優しい響きが籠められていた。

志貴の母が、心の底から憎み、呪詛《じゅそ》のような言葉を吐いていた羽衣姫。彼女は、その命が尽きた後も、帝の心を捉えて放さない。

帝が愛した、まさしく特別な姫君だった。

（いつか。俺のことも、同じように呼んでくださるだろうか？）

血を分けた子どもとして、愛してくれるだろうか。

◇◆◇◆◇

その後も、母に隠れて、帝との夜は続いた。帝の来訪は不定期だったが、志貴は毎夜、遅くまで室の明かりを灯し続けた。

「志貴様。今夜は、俺だけですよ」

その夜、志貴のもとを訪れたのは、恭司だけだった。

それもそのはずで、ここ数日、帝は大きく体調を崩していた。快復には向かっているらしいが、しばらくは休養が必要なのだ。

（母上が騒いでいたから、よく知っている）

志貴の母は、病床の帝を見舞いたい、と願って、素っ気なく断られた。そのことに、母は傷つき、子どものように癇癪《かんしゃく》を起こしていた。

あの女は許されたのに、という母の叫びが、頭から離れない。

羽衣姫が存命の頃、彼女だけが、妃として帝を見舞うことを許されていたという。

母は、羽衣姫という邪魔者が消えたならば、自分が愛される、と信じたいのだろう。だが、現実は非情で、いまも帝が振り向いてくれることはない。

「恭司。お前だけならば、無理して来る必要はない」

「俺では不服でしょうか？　いえ、今日に限らず。そもそも、俺が一緒にいることが気に入らないのですね」

「……お前がいると、父上と二人きりになれない」

「父上？　ああ、帝がいらっしゃらないところでは、そう呼んでいるのですね」

志貴は眉間《みけん》にしわを寄せる。

「悪いのか？」

「悪くはありませんが、帝の前では口にしない方が宜《よろ》しい。あの御方は、自分の子どもに情を持っていないので」

目の前が真っ赤に染まる。その言葉が、恭司の口から語られることが許せなかった。

志貴は、恭司がどのような立場にあるのか、母親から耳に胼胝《たこ》ができるほど聞かされていた。

六久野の生き残り。羽衣姫亡き今、最も、帝が心を傾ける相手だった。

「お前のような赤の他人に、父上の何が分かる？」

どれほど帝の寵愛《ちょうあい》を受けても、血の繋《つな》がらない他人ではないか。まして、帝の嫌う神在の血が、この男には流れている。

志貴は違う。志貴の身には、神の血など一滴も流れていない。

「羽衣が死んだ今となっては、帝のことならば、誰よりも分かっているつもりですよ。ずっと見てきましたから」

恭司は自嘲《じちょう》するように零《こぼ》した。いっそのこと、誇らしげに胸を張ってくれたならば、志貴も怒りをぶつけることができた。

――恭司は、まるで今までの日々を悔《く》いるような顔をしていた。

ずっと見てきた。すなわち、ずっと見ていることしかできなかった。帝の御心を慰めることもできず、苦言を呈することもなく、文字通り見ていただけなのだ。

「見ているだけでも、羨《うらや》ましい。父上は、名前もすぐに思い出せない我が子よりも、お前のことが好きなのだろう」

恭司は目を丸くする。

「好きではないと思いますよ。愛し、憎んでいるから、俺のことを傍に置くだけで。羽衣も同じでした。宮中の者たちは、羽衣や俺のことを、特別に寵愛を受けた者と言いますが、それだけではない。憎んでもいらっしゃるのですよ。……あなたを見ていると、昔のことを思い出します」

「六久野が亡びる前のことを？」

「ええ。まだ、六久野が存続し、あの御方が帝になられる前のことを。志貴様。あなたは、帝と良く似ていますね」

「……顔立ちは、たしかに似ていると思うが」

志貴の容姿は、帝の若かりし頃と瓜二つ《うりふた》と聞く。

志貴の異母兄姉《いぼきょうだい》たちにも似たような顔立ちの者が多いので、皇族の血を引く者によくある顔なのだろう。面識はないが、ずいぶん前に十織家に嫁《とつ》いだ《薫子《かおるこ》》という異母姉も、志貴と似ているらしい。

「いいえ、その在り方が似ているのです。あなたは、帝の辿《たど》るかもしれなかった、もしもの姿です。帝が何も奪われることなく、宮中で育ったならば、あなたのように自由でいることができたでしょう」

「自由と思ったことはない」

物心ついたときから、志貴の身に自由などなかった。一門の期待を一身に受けて、必ず帝になるよう、はじめから強制されてきた。

母親が聞かせてくれるのは、優しい子守唄ではなく、呪詛のような言葉の数々だった。

『必ず帝になりなさい。あなたこそ一番に愛されるべき子。あの女の、憎き羽衣姫の子ではない。あなたが最も帝にふさわしい子よ』

母の関心は、いつも愛する帝や、志貴の弟を産むはずだった羽衣姫にあった。

志貴は、時折、真っ暗な影のような不安に襲われる。

もし、志貴が皇子ではなく、ただの子どもであったならば、母は同じように愛を向けてくれたのだろうか。

「あなたは自由ですよ。何も失うことなく、生きているのですから」

それは、つまるところ、帝は何かを失ったということを示した。

「帝は、羽衣姫を失ったから？　だから、不自由という意味か？」

恭司は困ったように眉《まゆ》を下げる。

「羽衣を失う前から、いいえ、そもそも羽衣と出逢《であ》ったときから、帝は不自由を強《し》いられていました。……ああ、でも、そうですね。もし、今も羽衣が生きていたら、帝の心は、苦しみから解き放たれて、自由になる日が訪れたかもしれません」

「羽衣姫とは、どのような人だった？　母上は、まるで毒のような女人だった、と言う。だが、そのような女人を、父上が愛するだろうか？」

母や、その周囲は、羽衣姫のことを、稀代の毒婦と罵《ののし》った。帝を誑《たぶら》かし、亡びた神在《かみあり》の女でありながら寵愛を受けた悪女だという。

　今上帝にとっての唯一。数え切れぬほどいる妃のなか、ただ一人、愛された姫君。

「毒よりもなお、性質《たち》の悪い女でしたよ」

「羽衣姫を庇《かば》わないのか？　同じ六久野の生まれだろうに」

「志貴様。宮中においての毒とは、宮中の理《ことわり》から外れた、異質なものを意味します。権謀術数《けんぼうじゅっすう》飛び交う伏魔殿《ふくまでん》、人の醜《みにく》さを煮詰めた地獄のような場所で、一人だけ綺麗《きれい》な女がいたとしたら？　それは毒よりも悪い。世の美徳は、宮中では悪徳ですよ」

　恭司は遠い日を思い出すように、そっと目を伏せた。

　切なそうな横顔を見て、幼いながらに志貴は思った。

　羽衣姫とは、愛情深く、優しすぎる女だったのかもしれない。人が人を切り捨て、貶《おとし》めることが日常茶飯事《さはんじ》の宮中において、それはもう病巣だ。

「それでも。そんな女人を、帝は愛しているのだろう。亡くなった今も」

「愛しているだけならば、良かったのでしょうね。憎んでもいるから、苦しいのでしょう、救われないのでしょう」

「お前はそう言うが、俺には分からない。愛しているのに、憎いのか？」

「いつか、志貴様にも分かる日が来るでしょう。……少し、お喋《しゃべ》りが過ぎました。あなたは帝とよく似ているので、つい、要らぬ感情を抱いてしまいます」

「要らぬ感情？」

「愛《いと》しくて、憎らしい。そんな想いを、俺も帝に抱いておりますので」

恭司は力なく微笑《ほほえ》んだ。

帝と恭司、そして亡き羽衣姫。志貴からすると、三人の関係は、ひどく歪《いびつ》で、禍々《まがまが》しいものに思えてならなかった。

◇◆◇◆◇

志貴は溜息をつく。

先日、恭司の語ったことが、ふとした瞬間によみがえる。

帝は、羽衣姫を愛しながらも、憎んでもいるという。相反するような感情が、両立することが、志貴には理解しがたかった。

「志貴。お久しぶりです、いかがお過ごしでしたか？」

友人の声に、志貴は考え事を止める。室に現れた白髪《はくはつ》の少年は、志貴に向かって、にっこり笑いかけてくる。

「螟！　久しぶりだな。あまり顔を見せないから、俺のことなど忘れたのかと思った」

志貴が冗談めかして言えば、八塚螟はくすくすと笑う。

「友を忘れるほど、薄情になったつもりはありません。お元気そうで何よりです」

螟は、志貴にとって唯一と言ってもいい友人であった。

志貴より年下ではあるものの、聡明で、何処《どこ》か老成したような雰囲気《ふんいき》を持つ少年だ。彼自身が勤勉で、大人びていることが一番の理由だが、家の所有する神の性質も関係しているのだろう。

八塚は、先見――未来視を生業《なりわい》とする神在の一族である。

その力の有用性からして、神在を嫌う今上帝とて、無視できない存在であった。数多《あまた》の神在とは違い、昔から宮中と深い関係を築いてきた家である。

その一族の生まれだからこそ、螟は、皇子である志貴と交流しても咎《とが》められない。

むしろ、志貴の母親などは、二人を引き合わせ、積極的に交流するよう促したくらいだった。母は、上手《うま》く未来視を聞き出し、利用しなさい、という意味で、螟と仲良くなるように言った。

（もちろん。俺は、螟のことを自分のために利用したりしないが）

母の思惑とは別に、志貴は友人として、螟のことを好ましく思っている。

「今日は、どうして宮中に？　母上から何か言われたか？」

来訪の報せを受けたのは、つい先ほどのことだった。ずいぶん急なことだったので、志貴の母あたりが、我儘《わがまま》を言ったのかもしれない。

「もともと、当主の付き添いで、帝に拝謁《はいえつ》する日だったのです。《学舎《まなびや》》のことで、奏上するべき事柄がありましたから」

八塚の一族は、未来視について帝に奏上するため、不定期に参内《さんだい》する。今回は、帝都にある学舎について、何かしらの未来を視《み》たらしい。

「それは大事なことだな。父上は、あの場所のことを気に掛けていらっしゃるから」

帝都には、様々な教育の場がある。

だが、宮中の者たちが、《学舎》として真っ先に思い浮かべるのは一か所だけだ。

今上帝が手厚く支援している、帝都の中心部にある教育機関である。幼い年齢から、青年と呼べるくらいの年齢までの男児が集《つど》い、講師として高名な学者や研究者を有する場だった。

名を変え、形を変えながらも、此《こ》の国における学問の最先端をゆくことだけは、古くから変わらない。

帝は、即位してから長らく、学問や教育に関係するものを気に掛けていたが、こと《学舎》に関しては、特別な思い入れがあるようだった。

「そうですね。言葉を選ばずに言わせていただけるならば、帝にとっての《学舎》は、憧れなのでしょう。あの御方には、そこに通われる未来も有り得たのですから」

有り得た。つまり、結果的には、その未来は叶うことなく潰《つい》えたのだ。

今上帝は、幼くして六久野に送られ、帝都の学舎に通うことはなかった。即位のために、六久野から宮中に戻された後も、学舎に在籍したことはないはずだ。

螟は、未来とは無数に枝分かれするもの、と話してくれたことがある。

選ばれた未来だけが、やがて過去となる。選ばれなかった未来は、有り得なかったものとして捨てられる。

時の流れは残酷《ざんこく》だ。もしも、と思ったところで、その流れに逆らい、未来を選び直すことはできない。

「学舎にとって、良い未来だったか？」

「良い未来であれば、と願っています。本日は、このまま下がる予定だったのですが、帝から、志貴のもとに顔を出すように、と御言葉を賜《たまわ》りました。あなたにお会いしたかったので、御厚意に甘えてしまいました」

「父上が！　そうか。お前と友である、と話したからかもしれない」

志貴は声を弾ませる。帝が、志貴の話を憶えていてくれたことが嬉しかった。

しかし、喜色を滲《にじ》ませる志貴と違って、螟の表情は曇ってゆく。

「螟？」

「帝と、お会いになったのですね」

「ああ。……母上には秘密にしてくれるか？　父上が、時折、夜に訪《おとな》ってくれるようになったんだ」

「六久野の方と、ご一緒に？」

「よく知っているな。もしや、すべて視ていたのか？」

螟は優れた未来視の力を持っている。幼くして、八塚の次期当主と目され、教育を受けているくらいなので、その力は折り紙つきだ。

志貴と帝、恭司の交流を、未来視により視ていたのかもしれない。

「そのような未来も、たしかに視ましたが。……志貴は、帝にお会いすることができて、嬉しかったのですね」

「嬉しいに決まっている。今まで、このようなことはなかった。父上は、自分の子どもに興味がない。そう思っていたんだ」

興味がないから、生死すらも無関心だった。

志貴の異母姉には、政治的理由から死地に送られて、戻らなかった皇女もいる。彼女だけでなく、異母兄姉たちは、全員が生き残っているわけではない。

帝は、彼女たちの死について、悲しむことも、嘲笑《あざわら》うこともなかった。

血を分けた子どもに、何ら興味を持っていない。そして、その子を生んだ妃たちについても無関心だった。

（羽衣姫だけが、特別だった）

帝は、羽衣姫が亡くなってから、妃たちのもとを訪れなくなった。

羽衣姫と共に亡くなった赤子――末の皇子となるはずだった子どもを最後に、子を生《な》さなくなったのだ。

「今は違う。そう、お思いですか？　帝には、我が子に対する情がある、と」

「少なくとも、俺のことは気に掛けてくれている」

螟はゆっくりと瞬きをする。美しい金色の瞳は、目の前にいる志貴ではなく、遠い未来を見つめるかのように揺れる。

「志貴。帝に期待してはなりません。あの御方は、我が子に関心などありません」

志貴は小さく息を呑《の》んだ。

螟に対して、怒りは湧かなかった。この友人は、志貴を惑わすような嘘はつかない。彼は、志貴の周囲を取り巻く人々と違って、着飾った言葉で誤魔化《ごまか》すことはしない。

ふつうの人間ならば口を噤《つぐ》むことさえも、容赦《ようしゃ》なく、志貴に告げるのだ。

それ故、胸が痛んでしまう。

「ほんの少しの憧れを抱くことすら、許されないのか？」

父と子として、あたたかな関係を望むことは、それほど悪いことなのか。

「あなたの友人として、あなたが傷つくことを見過ごせません」

おそらく、螟の目には、志貴には視《み》ることのできない未来が映っていた。このまま帝に期待し、憧れを抱いた先に、志貴は手酷《てひど》い傷を負うのだ。

「それでも、俺は信じたい。父上が、我が子として、俺を愛してくれている、と」

螟は痛みを堪えるように、首を横に振った。

「あなたを大切に想う人たちが現れるのは、現在《いま》ではありません」

志貴は力なく笑った。

現在ではないならば、いつになれば、その人は現れるのだ。いつ訪れるのか分からない未来を信じられるほど、志貴の人生は長くない。

この身に与えられた生は短い。神の血など一滴も流れていないのだから。

蜈のような、人の皮を被《かぶ》った、人ならざる者とは違うのだ。

「当たり前のように、お前のことは除外するのだな」

「友として、あなたに情を持っています。しかし、あなたの人生に寄り添い、すべてを捧げることはできません。だから、自分のことは除きました」

馬鹿正直な返答だった。だが、その答えこそ、志貴に対して誠実であろうとしてくれる証《あかし》だった。

――あなたを友と想っている。だが、あなたと運命を共にすることはできない。

この先、どれほど親交を深めたところで、蜈にとっての一番は、志貴ではない。彼が優先すべき存在は、志貴以外の誰かなのだ。

「そうだな。お前は、そういう人だ。……俺には、未来は視えない。お前のように先々のことを知り、動くことはできない」

「……？　はい」

「だから、父上に期待して、傷ついたとしても。お前のせいではないよ、蜈」

「お前のせいだ、と罵《ののし》ってはくださらないのですね」

蜈の目に映った未来は、決して明るいものではなかったのだろう。

だが、残酷《ざんこく》な答えが待っているとしても構わない。

「俺の心は、俺のものだからな。友にも渡せない」

帝の情を確かめるならば、志貴自身の意志と責任で行うべきだ。帝への憧れを抱いたのは志貴だった。その憧れを殺すならば、誰でもなく、己が為さねばならない。

志貴は傀儡《くぐつ》ではない。

たとえ傷つくとしても、誰かに左右されるのは御免だった。


螟と会ったときから、さほど日を置かず。志貴は六久野恭司を訪ねた。

先触れはしていたが、恭司は驚いたように目を丸くしていた。

「まさか、本気でいらっしゃるとは思いませんでした。志貴様は、俺のことはお嫌いでしょう？」

「嫌いだ。お前は、ずっと父上の傍にいるからな」

「皇子様、皇女様の中では、志貴様がいちばん傍にいる、と思いますよ。帝は、よく学ぶ者には好意的ですからね」

志貴の神経を逆撫《さかな》でするように、恭司は笑う。

「自分は、六久野の領地にいた頃からの付き合いだから、と言いたいのか？　だが、お前は長く傍にいるわりに、何をしていた？　帝に苦言を呈することもなく、言われるがままに付き従ってきた。まるで傀儡ではないか」

「帝の望みを叶えることこそ、宮中における一番でしょう？」

「帝の望みと言うが、本当に望みを叶えているのか？　お前は、帝の心が救われない、と言ったな。お前や羽衣姫がいたから、いつまでも救われないのではないか？」

　途端、恭司の顔から笑みが消える。

　志貴は畳《たた》みかけるように続けた。

「俺は、帝が六久野の領地にいたとき、何が起きたのか知らない。誰も語らないからな。……だが、心から帝を思うならば、帝の傍を離れるべきだったのではないか？　お前たちは、六久野の亡霊だ。とうに亡びたくせに、現在《いま》を生きる帝の心に取り憑《つ》いている」

「俺たちを亡霊と言うならば、祓《はら》ってしまえば良かったでしょう。しかし、いったい、宮中の誰が、俺たちを祓うことができましたか？　憐《あわ》れな、あなたの母上？」

「母上のことを侮辱《ぶじょく》するな」

「侮辱していません。侮辱しているのは、志貴様でしょう？　あなたは、帝と会っていることを秘密にした。母を憐れみながらも、帝に愛されない母を侮《あなど》り、優越感を覚えていたのではありませんか？」

「……っ、それは」

「その優越感すらも、ひどく矮小《わいしょう》なものです。ご存じのとおり、帝の御心は、宮中にいる誰かではなく、常に六久野の亡霊と共にあった」

瞬間、志貴は腕を振りあげる。だが、すんでのところで我に返り、恭司に殴《なぐ》りかかろうとした腕を下ろした。

「殴らないのですか？」

「殴ったところで、お前には響かないだろう。——父上に、お会いしたい。ご体調は快復しているはずだ」

「止めた方が良いでしょう。いつものように、夜、明かりを灯し、帝の気まぐれを待っているべきです」

「母上のように？」

帝の訪れを待ちながら、泣き暮らしていた母を知っている。

彼女は、志貴を授かるまで、ずっと焦りに苛《さいな》まれていた。志貴が生まれてからも、羽衣姫が身籠《みご》もったことで、身を焼くような嫉《しっ》妬《と》に苦しんだ。

それどころか、羽衣姫が腹の赤子と共に亡くなった今も、母は救われない。

母は、心の何処《どこ》かで、いまだに願っているのだ。愛する帝が、自分を愛し、六久野の亡霊よりも優先してくれることを。

「俺は、母上のようにはなれない。いつかを夢見るくらいなら、どのような結果になったとしても、いま答えがほしい」

帝が、志貴のもとに現れたのは気まぐれなのか。それとも、志貴が期待するように、我が子として思ってくれたのか。

「お連れしましょう、帝のもとに」

◇◆◇◆◇

志貴は、生まれてはじめて、自ら帝のもとを訪ねた。恭司に連れられなければ、おそらく、一生、叶わぬことだった。

先頃まで臥《ふ》せっていた帝は、以前よりも頬《ほお》が痩《こ》けていた。いつもと違い、太陽が出ている時刻だからか、顔色の悪さも目立つ。

恭司の口添えがあったのか、帝は志貴の来訪を拒《こば》まなかった。形式張った挨拶《あいさつ》をして、二人は、ぽつり、ぽつり、と話をする。

「螟のこと、ありがとうございます。頻繁《ひんぱん》には会うことのできない相手なので、機会をいただき嬉しく思います」

「八塚の？　あれは褒美《ほうび》だ」

八塚螟が、帝にとって有益な未来を話した褒美らしい。

「《学舎《まなびや》》にとって、良き未来でしたか？」

「そうだな。良き未来になるよう力を尽くす。……あの場所だけは、後の世まで保たねばならない。京《みやこ》を遷《うつ》すとき、ともに動かしたことは、先の時代を生きた帝たちに感謝している」

かつて、宮中は、今の帝都よりも西の地にあった。

時代によっては様々な名前を持ち、長きに渡って、国の中枢《ちゅうすう》機能があった場所だ。今もなお、多くの者たちから《京》と呼ばれる土地だった。

宮中が移るとき、《学舎》も同じように、帝都に移動してきたのだ。

「何故、そう思われるのですか？」

志貴は不思議だった。新しい土地ではなく、古くから根付いた場所こそ、学舎にとって最善だった可能性もあるだろう。

「私たちの身に、神の血は流れていない。故に、繋《つな》いでゆかねばならない。長い命を得ることができないならば、次に遺《のこ》すのだ。いつか弱き者たちの力になるように。あの場所は、そのために保たれるべきだ。私たちが保ってゆくのだ」

志貴は目を伏せた。

『よく学び、よく励《はげ》みなさい。それは、お前の力になる』

はじめて帝が訪ねてきてくれた夜、帝はそう言った。志貴に向けた激励《げきれい》のようで、その実、違ったのだろう。

帝は、志貴の向こう側に、別の者たちを見ていた。

此《こ》の国に生きる無数の民か。それとも帝が愛し、憎み続ける六久野の亡霊たちか。

「もし、学舎に通いたいと願ったら、叶えてくださいますか？」

志貴の声は、情けなく震えていた。だが、問いを口にしたことだけは、後悔《こうかい》するまいと思った。

「それが、お前の本心であったならば、叶えたかもしれぬ」

帝の黒々とした目は、志貴の何もかも見透かすようだった。

「本心です。力がほしいのです、何者にも踏みにじられたくない。生まれは覆《くつがえ》せない。それでも、誰かの傀儡にはなりたくありません。……父上が言ったのでしょう？　木偶にはなりたくない」

「ならば、母を捨て、血族を捨てよ」

志貴は息を呑《の》む。

「できぬのだろう？　傀儡になりたくない、木偶になりたくない。そう言いながらも、お前は自らの立場を享受《きょうじゅ》している」

「もし、すべてを捨てたら！　そうしたら、六久野の亡霊ではなく、こちらに目を向けてくださいますか？」

帝は何も言わなかった。それこそが答えだった。

何をしたところで、何を願ったところで、志貴たちが顧《かえり》みられることはない。

(母上。あなたの気持ちなど、本当は思い知りたくなかった。どれだけ憧れても、愛しても、手に入らないものに焦がれるのは、かくも惨《みじ》めなものと知りたくなかった)

志貴は胸の痛みを堪えて、帝の前を辞した。

◇◆◇◆◇

鈴虫が鳴いている。

まるで子守歌のような鳴き声に、志貴はまどろみから目を覚ました。

うとうとしているうちに、つい、数年前の夢を見てしまったらしい。あの頃と違って、身も心も、すでに幼さを失っているというのに、どうして夢に見たのか。

志貴は、数年前のことを思い出しながら、文机《ふづくえ》の傍に明かりを灯した。

――あの頃は、こうして明かりを灯せば、帝が訪れてくれた。

志貴が、学舎に通いたい、などという戯言《ざれごと》を口にしなければ、いまも交流は続いていたのだろうか。

（いや。どのみち、何処かで途絶えたのだろう。遅いか早いかの差だったな）

たとえ過去に戻れるとしても、志貴は同じことをした。母のように、いつか帝に愛される、などという夢は見ていられなかった。

憧れを殺すために、帝の心を確かめずにはいられなかった。

「志貴様。夜更かしは、身体《からだ》に響きますよ」

かつて、帝に付き従い、志貴のもとを訪れていた男は、困ったように眉《まゆ》を下げる。

六久野恭司は、あの頃とほとんど変わらない。時に、神の血が濃い者は、人よりも長く生きる。この男も例外ではなく、徒人《ただびと》よりも、ずっと老いが緩《ゆる》やかだ。

時を進めて、身も心も変わりゆく志貴とは違う。

「恭司。お前、学舎に通うことになったのだな」

口さがない連中が、真っ先に、母に報告してきたのだ。そのせいで、今日の志貴は、朝から母の機嫌を取るはめになった。

帝都にある学舎に対し、帝が手厚い支援をしていることは、宮中では有名な話だ。

母からしてみれば、帝の思い入れが強い機関に、恭司が送られることが、我慢ならないのだ。帝の関心が、自分ではなく、六久野に向けられていることを、思い知らされるからだろう。

「帝から命じられたとき、否《いな》や、を言うことはできません。あなたにとっては不本意な結果でしょうか？」

「いや。数年来の疑問が解けたから、不思議と清々しい気持ちだ」

かつて、志貴は帝に願った。学舎に通うことを。

あのとき、素っ気なく拒まれた願いは、恭司ならば許されたのだ。

（やはり、俺を通して、帝は恭司たちを見ていたのかもしれない。今もなお消えず、彷徨《さまよ》う六久野の亡霊たちを）

今上帝は、志貴を志貴として見ていたわけではない。

帝が心を傾けるのは、いつだって六久野の亡霊たちだ。それ以外は塵芥《ちりあくた》に過ぎず、本当の意味で興味を持つことはない。

「結局のところ、帝はお前たちに夢中なのだろう。その御心には、いつだってお前と羽衣姫がいる。だから、帝の目はいつまでも周りを見ない」

数多《あまた》の妃たちも、血を分けた皇子、皇女たちも、傍にいる忠臣たちも、帝の視界には入らない。

等しく無価値であり、路傍《ろぼう》の石でしかなかった。

「帝は、六久野を亡ぼしました」

「だが、羽衣姫やお前のことを愛し、同じくらい憎んでいるのだろう？　帝にとっての特別だ。帝は、俺や他の者を通して、その向こうに、いつも六久野の亡霊どもを見ていたのだろうよ」

志貴が生まれるよりも、ずっと昔の物語だ。

帝は、即位する前、六久野の領地にいたという。

そこで何が起こったのか、志貴は知らない。恭司や羽衣たちとの付き合いも、その時代からなのだろうが、確かなことを教えられたわけではない。

ただ、これだけは分かる。

宮中においては、とうの昔に終わった物語なのだ。六久野の領地で過ごしていた帝と、そこで生まれ育った恭司と羽衣が出逢《であ》ったことは、とうに過去となった。

今上帝が即位し、六久野を亡ぼしたことで決着はついた。

そうでありながら、当事者にとっては、今もなお幕を下ろすことなく続いている。帝が身罷《みまか》られるまで終わることのない物語なのだ。

「志貴様。帝は憐《あわ》れでしょう？　どれだけ時が流れても、帝の御心は傷ついたままなのです。今も血を流し、泣いているのです。人の一生は短いというのに、その大半を憎悪と苦痛に費《つい》やしている」

「自分が傷ついているからといって、他者を傷つけても良いのか？　帝のせいで苦しみ、命を落としていった異母兄姉たちを持つ俺に、良く言えたものだ。……実の子だけではない。神在《かみあり》とて、帝によって長く、暗い時代を過ごしてきただろう」

志貴は一息に、畳《たた》み掛けるように続ける。

「純粋に憐れむには、あの方は、あまりにも多くの罪を犯した。許されることではない」

恭司は溜息をつくと、じっと志貴を見つめてきた。鋭い猛禽《もうきん》の瞳は、彼の身に流れる神の血を思わせた。

「志貴様。むかし、帝とあなたを似ている、とお伝えしたことを撤回します。あなたは、どちらかと言えば、羽衣と同じだ。宮中における毒」

「一緒にするな」

「一緒ですよ。あなたは、お優しい。いつか、その優しさで苦しむことになるでしょう。宮中では優しさになど価値はないのですから」

「余計な世話だ。俺は、自分を優しいなどとは思っていないからな。――恭司、俺は帝になる」

「叶うと良いですね。あなたは帝になるには、少々、情が深すぎると思いますが」

それから、また時は流れ、宮中にいた志貴は、後に《火患《ひわずら》い》と知る厄災《やくさい》によって、忌《い》まわしい火傷《やけど》を負うことになった。


宮中の宝庫に顕《あらわ》れた禍《わざわい》は、志貴から多くのものを奪った。

帝位に最も近いとされた皇子は、穢《けが》れの皇子として厭《いと》われた。

母は、志貴ではなく、出来損《できそこ》ないの子を生んでしまった自分を憐れみ、志貴のことを口汚く罵倒《ばとう》した。志貴を担《かつ》ごうとしていた親族たちも、掌《てのひら》を返したように去っていった。

帝も、死に瀕《ひん》した志貴のことを、気に掛けることはなかった。

（あなたの心は、いつだって六久野の亡霊と共にある）

志貴は、時折、自分の愚かさを思い出す。

幼い日、わずかでも帝に期待し、憧れを抱いたことを。宮中という地獄のような場所で生まれながらも、甘い夢を見てしまったことを。

どうしたって振り向いてくれない相手に、愛してほしい、と希《こいねが》うことは、枯れ果てた土地に種を蒔《ま》くようなことだ。

決して芽吹《めぶ》くはずのない情を欲しがって、傷つくことになった。

志貴は、母を憐れみながら、母と同じ過ちを犯したのだ。

幕間 参 帝都行の列車

「ここからは、お前の知るとおり。《火患《ひわずら》い》に巻き込まれた俺は、母や一門の望んだ、帝位に最も近い皇子ではなくなった。俺が火傷《やけど》を負った時、帝《みかど》は見舞いにも来てくださらなかった。……俺のことを疎《うと》んでいるならば、まだ救われた。そうではなく、無関心だから、顔を見せなかったんだ」

「ごめんなさい。わたしは、父の記憶がないので、志貴《しき》様のお気持ちを、本当の意味で理解することはできません」

「気にするな。理解してもらおうとは思っていない」

「それでも。大切な人に振り向いてほしくて、振り向いてもらえなかった。そんな気持ちなら、想像することはできます。……だから、小さい頃の志貴様に、言ってあげたいです。いつか、あなたを大切にしてくれる人が現れるって」

志貴は目を見開いてから、苦笑する。

「螟《めい》と同じことを言う。だが、俺は少し違うと思っている。あの頃の俺は、帝にばかり目を向けていたが、すでに俺を大切に想ってくれている者はいた。たとえ、それが一番ではなくとも」

「穂乃花《ほのか》様や、螟様ですね」

二上家《ふたがみ》に嫁《とつ》いだ帝の妹——穂乃花は、志貴の叔母《おば》という立場にあった。彼女は、遠方の地に在りながらも、志貴のことを心配していた。

八塚《やつか》螟は、志貴の人生に寄り添い、すべてを捧げることはなかったが、志貴の友として、できることをした。

一番ではなくとも、たしかな情を持って、志貴の未来を案じていた。

「穂乃花様は威月《いづき》を、螟は俺の知らない誰かを想っていた。俺のためには死んでくれなかった二人だ。だが、俺のことを大切にしてくれた人たちだ」

志貴の言葉に、真緒《まお》は思い出す。

互いに一番にすることはできなくとも、いつか相手に切り捨てられる日が訪れるとしても、友として在り続けた二人のことを。

「終也《しゅうや》と恭司《きょうじ》様も、同じだったんだと思います。終也は言葉にすることはなかったけれども、親友でした」

「友人とは知っている。恭司から、終也の話も聞いていたからな。だが、それほど親しい間柄なのか？」

「大事な友人です。志貴様にとって、螟様がそうであったように」

「螟の名前を出すのは、卑怯《ひきょう》だろう」

「志貴様には、いちばん通じると思ったんです」

「終也と恭司の友情が、今も保たれている。そう思っているのか？」

「終也は、今も恭司様のことを思っています。だから、わたしは何ひとつ捨てさせない。終也が失わないようにします」

「終也が、いちばん失いたくないものは、お前だろう。ずいぶんと自分の価値を低く見ているのではないか？」

「わたしのことを一番にしてくれても、わたしだけではダメです。学舎《まなびや》にいた頃の思い出を、聞いたことがあるんです。もちろん、ぜんぶは知らないです。でも、お互いを信頼しあっていたことは本当だから。……それに、わたし、喧嘩《けんか》をしたって、良いんだと思うんです。二人は、そうやって生きていたから」

「喧嘩？」

「終也は言っていました。恭司様と仲良しになったときも、喧嘩をした後だった、と」

そうして、二人は――互いに認めはしないが――親友とも呼ぶべき関係に至ったのだ。

時は、遡《さかのぼ》ること五年以上も前。十織の先代が生きており、終也が帝都にいた頃の話である。

三．帝都を懐かしむ

春爛漫《はるらんまん》、帝都は薄紅の花に染まりゆく。

十織終也《とおりしゅうや》は、冷たい朝風に吹かれながら、いつものように学舎《まなびや》の敷地内を歩く。

花絲《はないと》の街を出て、帝都の学舎に通うようになってから、久しい。毎朝の習慣となった散策は、いつの間にか、見知った景色ばかりとなった。

季節ごとの顔はあれど、目新しい光景はない。

良くも悪くも、終也の生活には変化がなかった。帝都に遣《や》ってきてから、同じような日々が繰り返されていた。

故に、その日の終也は驚いた。

ひらり、ひらり、と花びら舞う桜並木に、見知らぬ男が立っていた。

上背《うわぜい》があり、体格もしっかりした男性だ。装《よそお》いこそ地味であったが、目を離せないような存在感があった。

満開の桜を見上げる横顔は、凛《りん》と美しい。

世の中の何にも後ろめたさを感じていない。決して揺るがぬ強さのようなものが、滲《にじ》み出ている気がした。

言葉を交わさずとも、終也には分かった。

(僕とは違って、強く美しい人。何もかも持っている)

人の目が嫌いで、自らに流れる神の血を厭《いと》っている終也とは違う。

胸に込み上げたのは、どうしようもない惨《みじ》めさだった。

あのように背筋を伸ばし、胸を張って生きることができたら、どれほど息がしやすいだろうか。

憧れにも似た嫉妬心《しっとしん》を、上手《うま》く呑《の》み込むことができない。

ふと、桜の下にいた男が、終也に目を向けた。

終也は、その視線から逃げるよう、うつむき、踵《きびす》を返した。早足で立ち去ったことで、余計、惨めな気持ちになった。

叶うならば、あの男には、二度と会いたくなかった。


だが、世は儘《まま》ならないものだ。

二度と会いたくない、と思ったときに限って、否応《いやおう》なしに関わることになる。

終也が見知らぬ男を見かけてから、数日後のことだった。

「十織！　ちょうど良かった、いま時間あるか？」

講義を終えて、真っ先に帰ろうとした終也を、呼び止める声があった。終也が足を止めると、教壇《きょうだん》に立っていた講師は、安心したように息をつく。

「何か、御用でしょうか?」

「頼みたいことがある。一緒に来てくれるか?」

問いの形をとってはいるものの、有無を言わさぬ空気があった。講師は、終也の返事を待たず、講義室から出ていってしまう。

嫌な予感がしたものの、終也は講師の後についていった。

講師の行き先は、賓客《ひんかく》などが案内される応接室だった。まず、終也のような学生が足を踏み入れることはない部屋である。

「頼み事の内容は、教えてくださらないのですか? 中にいらっしゃる客人と関係があるのでしょうか?」

講師が扉に手を掛けたのを見て、終也は問う。このまま済《な》し崩《くず》しに事が進むことは、終也の本意ではない。

「転入生の世話を頼みたいんだ。同じ神在《かみあり》だからな。きっと、私たちには分からないことも、お前ならば分かるだろう」

終也は目を見張る。同窓生に、終也のような神在の出身はいない。ここに来て、まさか終也と同じような神在の者が、転入してくるとは想像もしなかった。

転入生ならば、同年代の神在だろうか。

講師が扉を開くと、中には男がいた。外《と》つ国《くに》から輸入された長椅子《ながいす》に、足を組んで、腰かけている。

(どうして、この人が?)

見間違うはずがない。先日、桜並木に立っていた男だった。

「お待たせして、申し訳ございません」

講師は頭を下げると、終也を連れて、男の向かいに座った。

「構わない。むしろ、気を遣わせて悪かった。帝《みかど》の我儘《わがまま》に付き合わせて、申し訳ない」

「我儘など、そのようなことは。いつもご支援いただいておりますから。――十織、新しく、学舎にいらっしゃる方だ」

「新しい講師の方ですか?」

十代である終也や学友たちとは違う。目の前にいる男は、少なくとも二十は越えているだろう。

「転入生と言っただろう? お前と同じように、学生として、だ」

講師の耳打ちに、終也は目を丸くした。学舎に年齢の壁はない。いくつであろうが、学ぶ者に門戸を開いている。

だが、このように成熟した男ならば、たいていは学生ではなく、講師や、研究のための学者という立場をとる。

「六久野恭司《むくのきようじ》だ」

男は、そう名乗った。

「六久野。同じ神在の」

「もと、だ。十織とは違って、神を失い、亡びた家だからな。はじめまして、十織の若君。名を聞いても？」

「……ご存じでしょう？　あなたは神在にお詳しい、と当主から聞いたことがあります」

不定期に帝都を訪れ、終也と面会する父から、六久野恭司という人物について教えられたことがあった。家が亡びてからも、長らく帝と共にあり、宮中と神在の間を飛び回っている男だ。

この男が運んでくる報せの多くは、神在にとっては凶報となる。

「知っている。だが、はじめましての挨拶《あいさつ》くらい、受けてはくれないのか？　十織の当主ならば、笑顔で受け答えしてくれると思うが、似ているのは顔だけか？」

父親を引き合いに出されたことに、終也は苛立《いらだ》ちを覚える。だが、それを顔に出して、意地を張る方がみっともない。

そもそも、最初に礼儀を欠いたのは、終也なのだ。

「終也。十織終也と申します、六久野さん」

「恭司で結構だ。俺も、終也と呼ばせてもらう。十織は、たくさんいるからな」

学舎には終也しかいないが、たしかに十織の一族は他にもいる。恭司は、終也以外の十織の者とも面識があるのかもしれない。

それこそ、顔が似ている、と言うくらいだから、終也の父とも知己《ちき》なのだろう。

「良かった。仲良くやっていけそうですね」

意図的なのか、無意識なのか。講師は安心したように、とぼけたことを言う。今の遣り取りの何処《どこ》を見て、仲良くなれると思ったのか分からない。

「奇遇だな。俺も、そう思う。案内は終也に？」

「ええ。講師がついて回ると、どうしても特別あつかいに見えてしまいますからね。それは、お望みのところではないでしょう？」

「そうだな。帝からは、ふつうの学生として過ごしてこい、と命じられている。あとは、他と変わらず、六久野、と呼び捨ててもらえれば完璧《かんぺき》だ」

「それは失礼しました、昔の癖《くせ》が抜けないものでして。歓迎します。良き日々を過ごせるよう、我ら一同、お力になれることは何なりと」

講師は微笑《ほほえ》むと、終也に視線を遣った。

「十織。六久野のことを、よろしく頼む。学舎の案内と、生活の補助を」

「……かしこまりました」

終也が呼ばれた時点で、すでに決定事項だったのだろう。

恭司を連れて、終也は応接室を出る。

終也は年齢のわりに背が高い方だが、恭司はさらに身長が高かった。また、細身の終也と違って、厚みのある身体《からだ》をしているので、隣に並ぶと、終也の貧弱さが浮き彫りになるようだった。

「何処まで、御案内しましょうか？　学舎にいらっしゃったのは、初めてですか？」

「いや。帝の視察に付き合って、何度か。ただ、そう頻繁《ひんぱん》にあったわけではないからな。知らない場所の方が多い」

「では、学生が良く利用する場所を中心に、御案内します」

終也は、そのまま学舎の案内をする。

終也の説明は、大して面白みもなかっただろうに、恭司は相槌《あいづち》を打ちながら、耳を傾けていた。

「寄宿舎には、入られますか？」

終也のように、寄宿舎に入る者も多いが、通いの者がいないわけではなかった。六久野恭司の立場を思えば、宮中から通うのだろうか。

「いちおう部屋は用意してもらっている。仕事で、いないときも多いだろうが」

「お仕事ですか？」

「帝に命じられたら、否《いな》やは言えない」

それは、宮中に出仕し、帝に仕える立場だからか。それとも、帝に亡ぼされた神在だから、逆らうことができないという意味か。

（この人は、どうして学舎に？　僕と同じなのでしょうか？）

終也が、十織の家から弾《はじ》かれて、外に出るしかなかったように。

恭司もまた、何か特別な理由があって、完全には無理でも、宮中と距離を置く必要があったのかもしれない。

そこまで考えて、終也は目を伏せる。

恭司が、どうして学舎にいるかなど、終也には関係のない話だ。講師からは学舎の案内や生活の補助を頼まれたが、それが終わったら、付き合いも切れる。

六久野。今はもう亡びた神在の一族。

終也からしてみると、六久野恭司という男は、ある種、はじめて同じ立場にある男だった。亡びたとはいえ、同じように神の血を引く者だ。

ただ、仲良くなれるかと言われたら、やはり難しいだろう。

恭司は、人の世に溶け込むことができない終也とは違う。長きに渡り、上手《うま》く人の世を生きてきた実績がある。

そのような男と、どうして親交を深められるだろうか。

距離が近くなるほど、いっそう惨《みじ》めになるだけだ。

◇◆◇◆◇

天井近くに設けられた窓が、図書館に柔らかな春風を運んできた。

古びた紙の匂《にお》いが、風に乗り、終也の身体を包み込む。それは、この場所に収められた数々の書物の存在を感じさせる。

学舎《まなびや》に併設されている図書館は、築年数こそ浅いが、蔵書数は、此《こ》の国の中でも指折りだ。

それは、《学舎》という組織の歴史を思わせる。

この場が、名を変え、場所を変えながらも、連綿と続いてきた証《あかし》のひとつだ。

「邪魔をする」

図書館の隅で、終也が資料を広げていたところ、現れたのは恭司だった。終也は、ほとんど無意識のうちに、眉《まゆ》をひそめてしまう。

「何か、困りごとでも？」

学舎の案内も、生活の補助も、一通り済ませたつもりだ。いったい何の用事があるのか。

「困りごとがあったら、嫌か？　不機嫌な顔をしている」

「もとから、このような顔ですよ」

「それは失礼した。同じような顔でも、こうも雰囲気《ふんいき》が違うとはな。十織の当主は、もっと明るく社交的だ」

「父と僕は、違いますので。……何か、御用があったのでしょう？」

「お前が、一人で課題をしている、と聞いてな。仲間はずれなら、俺と組んでくれ」

「仲間はずれではなく、人数の関係です。あなたが、学舎にいらっしゃる前に出された課題だったので」

恭司が現れる前、学舎の成り立ちについて調べる課題が出た。二人一組で行うことになっていたが、人数の都合上、終也は一人で取り組むことになっていた。

「俺が来たことで、ちょうど良い人数になったわけだな。学舎の成り立ちについて、だったか？」

恭司は、終也の向かいに腰かけると、机上《きじょう》にある資料を手に取った。

「勝手に座らないでください。僕は了承していません」

「つれないことを言うな。同じように神の血を引くという意味では、俺とお前は同じだろう？　……神在《かみあり》の者が、ここにいるのは、どんな気分だ？　特別、親しい相手もなく、ずっと一人で過ごしているのか？」

あまりにも明け透けな物言いだったので、一瞬、終也は返事に困った。

終也には、不仲な相手もいないが、特別に親しい相手もいない。学舎にいる歴こそ長いが、一人で過ごすことの方が多かった。

学友は、皆、気の良い者たちだ。意地悪をされたこともない。

しかし、何処か自分が周囲から浮いているような、そんな感覚が拭《ぬぐ》えないのだ。

「神の血を引く者は、人の世にまぎれることは難しいんですよ」

「難しいのではなく、そもそも、まぎれる気がないのだろう？　そうやって、高みの見物をしているわけだ。自分には神の血が流れているから、神無《かみなし》どもとは違う。馴染《なじ》めるはずがない、と決めつけた」

「僕は、自分が高みにいるなど、思ったことはありません」

むしろ、逆なのだ。神の血なんてものを引いているから、爪弾《つまはじ》きにされた。母には拒《こば》まれ、弟妹たちと離され、父の言うとおりに帝都に来るしかなかった。

仕方のないことだった、と頭では分かっている。父の判断は、母や弟妹だけでなく、終也の心を守るためであったことも知っていた。

(ここにいたら、母様の目から離れられます。僕を、醜《みにく》い化け物として見る)

母のまなざしから逃れられたことで、ほっとした気持ちも嘘ではない。

だが、時折、父の心を疑ってしまうことがある。

帝都に来たところで、花絲にいる家族との問題が消えるわけではない。父は、終也を家の外に遣ることで、問題の解決を先延ばしにしただけではないか、と。

「難儀《なんぎ》なことで。ずいぶん拗《こじ》らせているようだ」

「先ほどから、好き勝手おっしゃりますが、僕のことなど何も知らないでしょう?」

「会ったばかりだからな。だが、きっと、これから長い付き合いになる。課題のことは、仲良くなるための口実だ。これでも、お前よりはずいぶん長生きをしている。資料にないことだって知っている。何でも聞いてくれて良いぞ」

「あなたの話を聞いたところで、あなたが嘘をついているかもしれません」

「書物は嘘をつかない、という考えこそ、間違っているのでは?　過ぎ去った日々は、たいてい都合良く書かれるものだ」

「都合良く?」

「そう。勝ち残った者に、都合の良いことしか書かれない。それこそ、過去視が生業《なりわい》の神在でなければ、過ぎ去った日々を確かめることはできないからな」

「嘘でも、許されるのですか?」

「許される。それが勝ち残った者に与えられる褒美《ほうび》だ」

その後も、終也がいくら無視をしても、恭司は一人で話し続けた。

挙げ句の果てに、話し声が他の利用者の迷惑になるから、と年配の司書に注意されて、終也も一緒に、図書館から追い出されてしまう。

「あいかわらずだな、あの人は」

「司書の方と、お知り合いですか?」

「もともと学者だろう?　一時、宮中にも出入りされていた。帝は、学のある連中が好きだからな。お前は、さして興味はないのかもしれないが、そもそも、ここは帝が手厚く支援をしている機関だ。だからこそ、帝都で大きな顔をしていられる」

「帝が?」

「お前は、神在の生まれだから、帝に対して悪感情を持っているだろう?　だが、お前が過ごしているこの場所は、帝に守られている。お前が、いま学舎に通うことができるのは、すべて帝の温情だ」

「十織は、此の国にとって必要な神在です。帝にも宮中にも貢献しています」

「お前が、学舎でのうのうと生きていられるくらいの対価は、払っている、と言いたいわけか。それを判断するのは、少なくとも、お前ではない。お前は一族から離れて、神在としての役目も果たしていない」

図星だったので、終也は言葉に詰まった。表情を曇らせる終也のことなど気にもせず、恭司は続ける。

「十織家の者たちは、皆、織る。それが御家の果たすべき役目のひとつと理解しているからだ。だが、お前は？　機織《はたお》りもせず、領地を離れて。いまのお前に、何の価値がある？　あるとしたら、それは血だけだ」

「血？」

「先祖返《せんぞがえ》りなのだろう？　お前の身に流れる神の血だけが、お前に価値を与える」

終也は目の前が真っ赤に染まるのを感じた。

「違います！　こんな、こんなもの。こんな血があるから、僕は帝都に追い遣られた。……っ、僕が、役目を果たしていないわけではありません。僕が、十織に、花絲の街に在ることを、誰も許してくれなかったのです」

終也とて、妹や弟たちのように、母から愛されていたならば、十織家で育てられたはずだ。当たり前のように機織りの技術を修めて、一族に貢献し、神在としての役目を果たしただろう。

それを許してくれなかったのは、他でもない十織家の者たちだ。

「離れていても、一族のためにできることはあったはずだ」

「できること？　それが学ぶことです。それ以外に、家を離れて、何ができるというのですか？　……僕は、織り機に触れるだけで、吐いてしまうくらいなのに」

花絲の街に響く、かたん、かたん、という機織りの音が嫌いだった。一族が使っている工房に置かれた織り機を見るだけで、具合が悪くなった。

「あるだろう。たとえば、もっと人と交流する。家の外に出されて、自由に過ごすことができるのだから、有意義に使え。幼子のように拗《す》ねて、癇癪《かんしゃく》を起こすのではなく」

「交流？」

「良い人脈は力だ。縁を司《つかさど》る家に生まれたならば、その意味が分かるはずだ」

「そんなこと、誰も」

「誰も言わなかったから、などという甘えが許されるのも、今のうちだろうよ。お前は、いずれ十織家を継ぐ。神在としての責務を果たす。そのとき、使えるものは多ければ多いほど良い」

「それは、あなたも、ですか？　あなたも良い人脈？」

　恭司は困ったように笑う。

「残念ながら、俺は悪い人脈だ。立場も、血も、厄介《やっかい》だからな」

「……自分で言っておきながら、それはないでしょう」

「たしかに。だが、お前が悪い人脈と知ってもなお、仲良くしてくれるならば、嬉しく思う。何の意味もないと思っていた学生としての生活にも、意味ができるだろうよ」

　終也は自然と、腰を折り、頭を下げていた。

　きらきらとした綺麗《きれい》な言葉で誤魔化《ごまか》すことは、いくらでもできたはずだ。あるいは、良い人脈と嘘をついて、終也のことを欺《だま》すことも可能だった。

　馬鹿正直に、自分のことを《悪い人脈》と言った彼に、報いなければならない。

「十織終也、と申します。はじめて会ったとき、ろくに挨拶《あいさつ》もできませんでしたが、僕と仲良くしてくださいますか？」

「止めろ、頭を下げるな」

「頭くらい下げさせてください。最初から、礼を欠いたのは僕の方ですから」

穿《うが》った見方をしていたのは、終也の方だった。

恭司は、おそらく、終也とは見えている景色が違う。だからこそ、終也は強烈な劣等感を抱いたのだ。

(一緒にいたら。僕にも、この人と同じ景色が見えるのでしょうか?)

惨《みじ》めな気持ちになったのは、羨《うらや》ましい、と憧れたからだった。

「六久野恭司だ。これから、よろしく頼む。……頭を下げるのは、これで終わりにしてくれ。神在の若君に、そういう態度を取られると困る。俺は立場が良くないからな」

「ありがとうございます」

終也は、ゆっくりと頭を上げて微笑《ほほえ》む。

恭司は虚を衝《つ》かれたように目を丸くした。

「なんだ、笑えるのか。そうやって、他の連中にも接すれば良いだろう。同じではなくとも、爪弾きにされている気持ちになったとしても、言葉を交わすことはできる。話くらいは通じる相手だ」

長く人の世を生きていたからこそ、恭司の言葉には説得力があった。

それから、しばらく。

恭司と共に課題に取り組みながら、終也は当たり障《さわ》りのない関係だった学友たちにも、少しずつ話しかけるようになった。

ある日、付き合いの長い学友が、終也に言った。

「終也は、雰囲気《ふんいき》が柔らかくなったね」

「柔らかく？」

「君は、誰にでも優しかったけど、誰にも自分のことを話さない。かたい壁のようなものを、いつも感じていたんだ。君がそれで良いのなら、何も言えなかったけれど。やっぱり寂しくもあったから」

「……ずっと、そんな風に思っていらっしゃったのですね」

「君は、周りに興味なんてなかったんだろうけど。案外、周りは君のことに興味があったんだよ。私たちは、ただ一時、共にいるだけで、いつか皆、散り散りになるだろう？」

「そうですね。皆、様々な事情がありますから」

学舎《まなびや》には、教育を受けるために通っている者もいれば、終也のように事情があって家にいられなかった者たちもいる。

ただ、共通することもあった。

いつか、皆、散り散りになるということだ。

「うん。だから、散り散りになったとき、ここで過ごした日々が支えになると良いよね。終也にも、そう思ってもらえたら嬉しい。私たちは、君とは違うけれど。……違うからこそ、いつか君の力になれるかもしれない」

学友は、終也のことを同じ存在とは言ってくれなかった。だが、終也の胸に込み上げたのは、それでも嬉しい、という感情だった。

「僕も。いつか、あなたたちの力になれたら嬉しいです」

終也は、ごく自然に、学友に向かって微笑むことができた。

「やっぱり。恭司が来てくれて良かった。あの人、だいぶ年上だけど、目線が近いから良いよね。話しやすくて、びっくりするときがある」

「目線、ですか？」

「ああ見えて、人に合わせるのが得意なんだろうね」

「だいぶ、我が強いと思うのですが」

学友は声をあげて笑う。

「それはそうだけど。自分自身の軸がしっかりしているから、人に合わせることができるんだと思うよ。きっと、終也の方が分かっているだろうけど」

「……はい」

「それじゃあ、また明日」

手を振る学友と別れて、終也は寄宿舎に向かった。

寄宿舎では、玄関口の掃除《そうじ》をしていた管理人が、ちょうど終也宛《あて》の手紙が届いていることを教えてくれた。

「六久野に預けた。いま、課題で一緒だろう？」

終也は苦笑する。おそらく、わざと恭司に手紙を預けたのだろう。

この管理人との付き合いも、ずいぶん長くなってきた。一人で過ごすことの多かった終也を、彼はずっと心配してくれていたのだろう。

恭司と出逢《であ》ってから、終也は変わったのだろうか。

寄宿舎に入り、恭司の部屋を訪ねる。

「手紙か？」

「ええ。花絲にいる父からでしょう？」

終也に手紙を出すのは、父だけだった。

「嬉しそうだな」

「そうかもしれません。いつもどおりならば、帝都にいらっしゃる、という報せですから」

　父は、何かにつけて、終也に会いに来てくれる。十織家の当主として忙しくしているだろうに、終也のことを気に掛けてくれる。

「十織の当主と会うなら、おすすめの店がある」

「……？　僕、甘いものは得意ではありません」

　恭司の薦《すす》める店ならば、きっと甘味が有名なのだろう。交流を深めるうちに知ったのだが、恭司はずいぶんな甘党なのだ。

「お前が得意でなくとも、十織の当主は、お好きかもしれない」

「さて。父の好みを、僕は知りませんから」

　幼くして、離れて暮らすことになったから、父の嗜好《しこう》など知らない。今まで、知ろうともしなかった。

「なら、店に行ったとき、訊くと良い。十織の当主が、甘味を好きでも嫌いでも、話の種にはなるだろうよ」

「今さら、とは思いませんか？」

「思わない。死に別れた相手ならばともかく、十織の当主は生きているのだから」

　恭司は呆《あき》れたように零《こぼ》すと、帝都にある店を、いくつか紹介してくれた。

◇◆◇◆◇

学舎を出て、帝都の街並みを行く。

あいかわらず人出が多く、どこもかしこも賑《にぎ》わっていた。颯爽《さっそう》と行き交う人々にまぎれて、終也は目的地に向かう。

「父様。お待たせして、申し訳ありません」

目当ての店には、すでに父の姿があった。

「気にするな。むしろ、急がせてしまったか？」

「急ぎもします。帝都にいらっしゃると聞いて、楽しみにしていたんです」

「俺も楽しみにしていた。しかし、珍しいな？　お前が、外で待ち合わせなど」

今まで、父と会うときは、学舎の敷地内か、父の泊まっている宿だった。今日のように、他にも客のいる店で会うことは珍しい。

「友人に教えてもらったんです」

父は目を丸くした。

「終也から、友人の話を聞けると思わなかった」

話だろう？」

「友人くらい、僕にもいますよ」

「お前が、誰とでも、そつなく交流ができるのは知っている。だが、心を許せるかは別の話だろう？」

終也は、先日、学友から言われたことを思い出す。雰囲気が柔らかくなったのは、終也自身が、他者に対して、以前よりも心を開いている、ということだった。

「新しい友人ができました。そのおかげかもしれません。この前、転入してきた方です」

「ああ。六久野の」

「ご存じですか？」

「風のうわさで。良くも悪くも目立つ人だからな」

「でも。六久野は、もう無くなった神在《かみあり》なんですよね？」

「そうだな。六番様は、此《こ》の国から飛び立った。神無くしては神在とは呼べない。……だが、神在でなくなっても、恭司様は帝の傍にいる特別な御方だ。だから、皆、関心を持っている。十織だけでなく、他の神在も同じだろう。どうして友人に？」

「課題で、あの人と組むことがありました。学舎には、僕のような神在の血を引く者はいませんでした。少なくとも、僕が知る限りでは、恭司がはじめてです」

「終也。あの方と、お前とでは、立場が違う。そのことを忘れてはいけない」

「恭司とは、距離を置くべきですか?」

「それは、お前の意志で決めると良い。だが、簡単に、あの人の心を推し量ることは止めなさい。何もかもが違うことを忘れてはいけない」

「僕には、少し難しいです。同じと思っては、いけませんか? 同じように神の血を継いで、同じように帰る場所を失っているのでしょう?」

言ってはならない言葉が、思わず零《こぼ》れてしまった。

「お前の帰る家は、十織だろう」

「本当に? あの家に、僕の帰る場所はありません。だから、僕を帝都に追い遣ったのでしょう」

「終也。何も、お前のことを家から追い出そうとしているわけではない。ただ……」

「ただ、母様がいるから、僕を遠ざけるしかなかったんですよね?」

終也はうつむく。いまの自分の顔を、父に見せるわけにはいかなかった。きっと、父のことを責めるような眼差《まなざ》しをしている。

頭では分かっている。父は、決して、終也のことを蔑《ないがし》ろにしたわけではない。むしろ、終也のことを大事に想っているからこそ、終也を帝都に遣ったのだ。

学舎に通わせてくれたことも、ひとえに父の思い遣りだ。

「……薫子《かおるこ》さんには、時間が必要だ」

「はい。でも、それは、いつまで、と。そう思ってしまうんです。帝都にいたら、たくさんのことを学ぶことができます。それは、とても光栄なことです。父様は、僕を思って、僕に力を与えようとしてくれるのだ、と分かります。でも」

「でも、心の底から納得することはできない、か?」

納得など、できるはずもない。終也の胸には、未来への不安がある。

このまま順当にいけば、終也は十織家の当主となる。十織家のことも、花絲の街のことも知らぬまま、先祖返り《せんぞがえ》りである、という理由だけで、当主として担《かつ》がれる。

(でも。一族に、僕の居場所はない)

一族に戻ったところで、終也が周囲から弾かれていることは変わらない。

「僕が、先祖返りでなかったら、と。そう思うときがあります」

「終也。いつか、お前のことを心から受け入れてくれる人が現れる。お前の生は、長いのだから」

(こんなにも醜《みにく》い僕を、心から受け入れてくれる人が現れるとは思えない)

何よりも、終也が、自分のことを受け入れてほしい、と願ったとき——。

相手が、終也のことを受け入れてくれなかったら?

こんな醜い自分もひっくるめて、それでも良い、それが良いのだ、と言ってくれる相手は、果たして、此の世にいるのだろうか。

終也は、やはり化け物なのだ。

此の世の誰もが、終也の姿を知ったら、母のように拒《こば》むのではないか。

恭司と出逢い、少しずつ自分は良い方向に変わっている。そう思いたかったが、実際は、何も変わっていない。

結局、また同じように、化け物であることに思い悩むのだ。


あの後、父と何を話したのか、ほとんど記憶に残っていない。

終也は、気づけば、学舎《まなびや》の敷地に戻っていた。どうしようもない惨《みじ》めさと、諦めだけが、終也の心を支配している。

あてもなく歩けば、すでに花も散り、青々とした桜並木が見えてくる。

その下に、いまは会いたくない男が立っていた。はじめて見たときと変わらず、彼は凜《りん》と美しい佇《たたず》まいをしている。

（同じ神ではなくとも、同じように神の血が流れています。それなのに、こんなにも違う

のですね）

「恭司。宮中からの帰りですか？」

終也の声は、震えていなかっただろうか。

「ああ。お前は？　浮かない顔をしている」

恭司の目に映っているのは、陰鬱《いんうつ》な顔をした少年だった。まるで鏡に映った自分を見ているようで、目を逸《そ》らしたくなかった。

「父と会ってきました」

「ああ。教えてやった店は、合わなかったのか？」

「いいえ、店は良かったです。ただ、父と少し」

「揉《も》めたのか？」

「僕が、勝手に拗《す》ねているだけです。父は、いつまでたっても、僕に帰ってこい、とは言ってくださらないので」

「花絲に帰りたいのか？」

「ずっと、学舎にいられるわけではありませんから」

何事もなければ、数年後、終也は学舎を卒業する。花絲の街に、十織家に帰らなければならない。

だが、帰ったところで、と不貞腐《ふてくさ》れる気持ちが消えない。

「帰りたいのか、帰りたくないのか、よく分からないな。何を迷っている？　これだけ贅《ぜい》沢《たく》をさせてもらったのだから、帰って、十織のために尽くせば良いだろうに」

「贅沢？」

「先祖返りならば、家に閉じ込められても不思議ではなかった。今のように学舎にいることが、どれだけ贅沢なことか、自覚はないのか？　以前とは違って、他の者たちとも交流を深めている。良い人脈を持って帰ることもできるだろうに」

「良い人脈を持って帰ったところで、あの家に、僕の居場所はあるのでしょうか？」

終也の泣き言に、恭司は首を傾《かし》げる。

「居場所がないならば、作れば良い。如何様《いかよう》にでもなる」

「簡単に言いますが、無理ですよ。はじめから拒まれているのです。あなたには、僕の気持ちは分かりません」

「他人の心は、誰であろうとも分からない。外から覗《のぞ》き見ることはできない」

「そういう話ではありません。――あなたは、僕と違う。いつも自信に溢《あふ》れていて、何でも持っている。だから、僕の気持ちなど分からないでしょう？」

瞬間、終也の頬《ほお》に衝撃が走った。

勢いのまま地面に座り込んだとき、ようやく殴《なぐ》られたのだと気づいた。

「すまない。つい、手が出てしまった。お前の気持ちなど、分かるわけがない。そもそも、何も失っていない者が、何を嘆《なげ》く？」

「一族の者たちから弾かれて、家族とも過ごせず。それを、何も失っていない？　僕の手には、何もありません」

「呆《あき》れたことを言う。お前には、帰るべき故郷がある。血の繋《つな》がった者たちが、たくさん生きている。いくらでも取り返しのつく環境にありながら、何もせず、嘆《なげ》いているばかりの幼子だろう」

恭司の拳は容赦《ようしゃ》がなかった。次々と繰り出される拳を受けながら、終也の目は、恭司の表情をじっと捉えていた。

恭司は眉《まゆ》をひそめて、苦痛に耐えるような顔をしていた。

はじめて見る顔だった。

恭司は、誰とでも友好な関係を築くことができる男だ。転入してすぐ、出逢《であ》ってから数日の学友たちの輪に溶け込み、講師たちにも気に入られている。

終也とて、はじめに警戒していたことが嘘のように、いつの間にか心を開いていた。

（だから、あなたは僕と同じだ、と。そう思ってしまった）

同じように、神の血を引くが故の苦悩に苛《さいな》まれて、異質なものとして弾かれて、恐れられながら生きるしかない。

「先祖返りとして生まれたならば、神に愛され、力を持って生まれたということだ。お前は恵まれている」

終也は腕に力を込めて、伸《の》しかかる恭司の頬を殴りつけた。勢いよく、恭司の身体《からだ》が吹き飛んで、地面に転がる。

終也は、それほど強く殴りつけたつもりはなかった。それでも、恭司の身体を突き飛ばすくらいの威力になるのだ。

恵まれている。恭司の言うとおり、終也の身体は、神の血を引くからこそ強靭《きょうじん》だった。

「恵まれている？　僕は、神様の愛など要りませんでした。神様ではなく……っ、もっと、もっと別の人に」

父は、古い時代ならば、と零したことがあった。今よりもずっと神と人が近かった時代ならば、終也のような先祖返りは恐れられることはなかった。

そのようなことを言われても、終也にはどうしようもなかった。

どうしたって、終也の生まれた世は、神から遠くなってゆく現在《いま》なのだから。

「甘ったれるなよ。誰かに愛してほしい、なんて思えるだけ、お前は守られている。そんな風に思うだけの心を持つことを許されているのだから」

「つらいのだ、と。苦しいのだ、と。そう思ってはいけませんか?」

「自分を憐《あわ》れむのは、たいそう気持ちが良いだろうな? だが、周囲が、お前の嘆きに付き合う理由はない」

倒れこんでいた恭司が、ゆっくりと立ちあがる。赤くなった頰を掌《てのひら》でさすりながら、彼はまるで諭《さと》すように言う。

終也ばかりが、癇癪《かんしゃく》を起こした子どものように怒っていた。

「喧嘩《けんか》すら、してくださらないのですね」

「……まあ、喧嘩くらいならば付き合っても良い。お前の気が済むならば、力いっぱい殴ってやろうか?」

恭司は、提案すると同時、仕切り直すように拳を振りあげた。

鈍い音がなるような拳が、一発、終也の顔に飛んできた。終也だから耐えられたが、ふつうの人間なら、顔が潰れてしまうような一撃だった。

「ああ、これくらいなら平気なのか? まったく、先祖返りというのも困ったものだな。ふつうだったら、これで終わるんだが……」

終也は息を吸うと、恭司の言葉を遮《さえぎ》るよう体当たりをした。勢い任せにぶつかると、恭司は油断していたのか、あっさり地面に倒れ込んだ。

もみ合うように、二人は互いに暴力を振るった。

片方が、神の血を引かぬ徒人《ただびと》であれば、早々に決着はついた。不幸なことに、互いに神の血を引くからして、簡単には壊れない身体を持っていた。

――二人の喧嘩を終わらせたのは、遣《や》らずの雨だった。

先ほどまでの晴れ間が嘘のように、石の礫《つぶて》のように大きな雨粒が降ってきた。

言葉もなく、互いの視線が絡み合う。ずぶ濡れになった二人は、力尽きたように地面に倒れ込んだ。

「止めましょう。ばからしくなってきました」

「俺は、最初から、ばからしいと思っていたが」

「付き合わせて悪かったですね。あなたとの喧嘩は、手加減をしなくても済むのは楽ですが、割に合わない。決着がつきません」

「こんなお遊びみたいな喧嘩では、決着もつかないだろうよ。……本気で喧嘩をしたら、きっと、片方が死ぬまで止まらない」

終也は雨に打たれながら、隣に倒れた男を見た。

「でも。僕が、本気で喧嘩をするなら、きっと相手は、あなたでしょうね」

「なんだ、俺を殺してくれるのか？　残念ながら、ずっと昔から、俺は自分の死に時を決めている。お前にはくれてやらない」

　終也は溜息をつく。そのように言う男は、終也よりも大事な誰かのために、自分の死に時を取っておいているのだろう。

「あなたの命なんて要りません。……恭司。あなたは、自分のことを悪い人脈と言いましたね。父も同じようなことを言っていました。あなたとの仲を快《こころよ》く思っていない」

「だろうな。お前のところに限らず、今も生き残っている神在《かみあり》の連中は、皆、俺とは適度に距離を置きたいはずだ。なんだ？　大好きな父様に言われたから、俺と関わるのは止めると言いたいのか」

「いいえ。むしろ、もっと仲良くなろう、と思いました。あなたは、僕に厳しいでしょう？　そういうところが、たぶん嫌いではないのです」

　恭司は身体を起こすと、終也に手を差し伸べた。

「俺には分からない感覚だが、お互い様か。分からなくとも、言葉は交わせるしな」

「友人にもなれます」

　終也は笑って、恭司の手を取った。

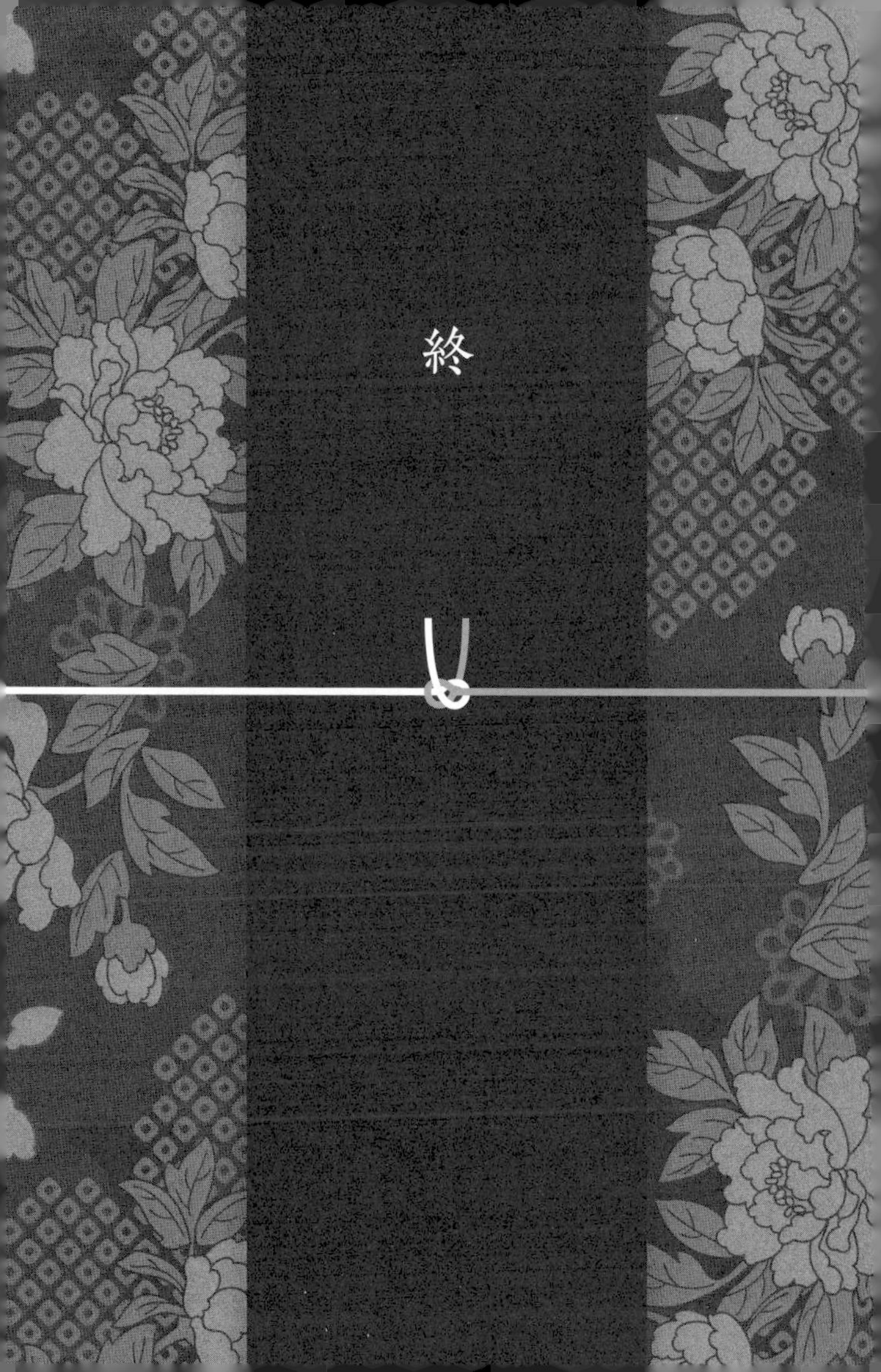
終

列車のなかで、志貴《しき》は頰《ほお》を引きつらせた。

「殴《なぐ》り合いの喧嘩《けんか》をするのが、仲の良い友人なのか？　ぞっとする」

「志貴様は、螟《めい》様と喧嘩したことはありませんか？」

真緒《まお》の問いに、志貴はすぐさま口を開いた。

「記憶する限り、一度もなかった。螟にとって、俺は喧嘩相手にはなり得なかったのだろうよ。言い方は悪いが、俺は螟にとって、蚊帳《かや》の外にいる人間だったからな」

「蚊帳の外？」

「あれは、俺とは別の誰かのために生きて、死ぬ。そういう男だった。そして、俺は、その誰かの不利益になる存在ではなかった。だから、友となることができた」

「いちばん大事な人が、志貴様とは別にいた、ってことでしょうか？」

「そうだ。その誰かのことを、俺は知らないが。……あいつは、俺を置いて、さっさと地獄に堕《お》ちてしまったから、もう確かめようもない。他人には理解しがたいだろうが、こういう友人関係もある」

「螟様のこと、信頼していたんですね」

志貴は、信じられるのは己だけと言いながらも、やはり、親友には全幅《ぜんぷく》の信頼を置いていたのだろう。

「信頼と言われると、否定したくなる。あと、そもそも、俺と螟では、終也《しゅうや》たちのような殴り合いは無理だ。俺が負けると分かっている」

「螟様の方が、喧嘩慣れしていたってことですか？」

「違う。螟が、神在《かみあり》だったから、だ。終也と似たようなものだ。お前は、いまいち分かっていないようだが。お前の夫は、人よりも強い。簡単に、お前の首など捻《ね》じ切れるくらいに」

「でも、捻じ切られたことはありません。この先、終也が、そうすることもないと思います」

真緒にとって、終也の腕のなかは、此《こ》の世でいちばん安心できる場所だ。終也が、簡単に真緒を殺せる力を持っていたとしても変わらない。

「お前がそうでも、終也を知らぬ者たちは不安になる。簡単に自分を殺せるような相手が、違う生き物が、人の振りをして隣にいるのだから」

「それなら、わたしの生涯《しょうがい》をかけて、たくさん説明します。終也は怖くないことを」

「生涯など、簡単に言うものではない。誰かのことを、同じだけの熱量で、ずっと好きでいる、というのは夢物語だ。人は変わってゆく。いつか、愛したものを憎む日が来るかもしれない。帝《みかど》がそうであったように」

帝は、六久野《むくの》の子どもたちを愛しながらも、憎しみを抱いた。

真綿で包むように大事にすることはできず、羽衣姫《ういひめ》は宮中に囚われたまま死に、恭司《きょうじ》と何処《どこ》にも行けずにいる。

「憎みません、決して。わたしの暗がりに、光を灯してくれたのは終也でした。それだけで、一生、いいえ、死んだ後だって、一番に終也を愛する理由になります」

志貴は呆《あき》れたように溜息をつく。

「その愛する終也のために、お前は恭司のことも諦めさせたくないわけか」

「はい。大切な友人なので」

「大切な友人、ね。……恭司は、案外、学舎《まなびや》での生活を楽しんでいたのだろうな。つまらなそうに過ごしていたのではなく」

「終也は、今でも、学舎にいた頃の友人と連絡を取っています。恭司様も、きっと同じじゃないかな、と思うんです。終也だけでなく、いろんな人と関わりあって楽しい日々を過ごした、と」

「帝は、それが狙いだったのかもしれない。自分では叶わないから、代わりに、恭司にそれをさせたんだ。帝は、望んで即位したわけではなかった。学者にでもなって、気ままに暮らす方が、よほど幸せな人生を送ることができたのだろうよ」

志貴の言っていることが正しいのならば、帝は、自分の夢を、理想を、恭司に託したのだろう。

「終也から話を聞いていると、いつも思うんです。帝都では、かけがえのない日々を過ごしたんだって。そして、わたしでは同じようにはできない。わたしは終也の友人にはなれません」

「恭司は、終也のことを裏切った。それどころか、十織《とおり》家の先代の死にも関わっていたのだろう。それでも、恭司が必要なのか？」

志貴には、恭司が綜志郎《そうしろう》を連れていったときのことを話してある。その中には、恭司が先代の死に関わっていた、と示唆《しさ》したことも含まれている。

（恭司様は、わざと終也を傷つけるように、そう言った。でも）

「恭司様は、はっきりとは口にしなかったんです。自分の手で、先代様を殺した、と」

「自明の理だからではないか？　言う必要もなかった」

「恭司様から、本当のことを聞くまでは分かりません。それに、人は、いろんな顔を持っています。恭司様が先代様を殺したとしても。終也の友人であったことも本当のことです」

「お前が、そう思いたいだけではないか？」

「そうかもしれません。わたしは、終也が愛されていてほしい、と思っていますから」

「とうの終也は、お前だけがいたら足りそうだが」

「わたしだけでも幸せ、と終也は言います。でも、違うと思います。わたしは、わたしの大好きな終也が、たくさんの人に愛されていてほしい。何ひとつ捨てさせたくありません」

「やはり、傲慢《ごうまん》だな」

「はい。でも、欲張りになることは、悪いことじゃないと思うんです。わたしは、わたしの持っている全てで、終也にたくさんのものを結んであげたい。独りになんてさせません、ずっと。過去も現在も、未来も。ぜんぶ抱きしめてあげたいから」

真緒は、誰に何を言われても、あの人の幸福のためにできることをする。

「そうは言っても、実際、そのために、どうするつもりだ？　神在の妻でもなく、一介《いっかい》の機織《はたおり》となったお前に、何ができる？　恭司は、お前ごときの言葉では止まらないだろうよ」

綜志郎を連れ戻すために、恭司を止める必要がある。だが、志貴の言うとおり、真緒の言葉では、恭司の心は変わらないだろう。

「わたしの言葉は届かなくても、帝なら」

志貴は目を丸くして、それから笑った。

「何を言うかと思えば！　お前ごときが、帝に何をさせるつもりだ？」

「恭司様は、帝を救うためには、羽衣姫様の子に……綜志郎に、帝を殺させる必要があると言いました。でも、わたしには、恭司様が急《せ》いて、大事なものを見落としているようにも思えました。恭司様の行動は、恭司様が考えた、帝にとっての幸福でしょう？」

「帝の意志は違う、と言いたいのか？」

真緒は頷《うなず》く。

恭司が、帝を愛し、その心を救おうとしていることは真実だ。だが、その救う方法は、恭司の一方的な考えでしかない。

「羽衣姫様のことも同じです。恭司様が思っているすべてが、帝や羽衣姫様の考えと一致するとは思えない。誰も、誰かの心のうちなど見えません」

「いよいよ帝の寿命《じゅみょう》が尽きる。だから、恭司は焦っている、と」

「焦って、大事なものが見えていない気がします。……わたしは、志貴様たちの言うとおり、綺麗事《きれいごと》ばかり信じています。だから、まだ間に合うことを諦めたくありません。帝は生きている。まだ、恭司様たちは言葉を交わすことができます」

「甘いな。愚かですらある。帝は、話が通じる相手ではない。血を分けた息子の言葉ですら、あの人には届かなかった。我が子にすら心を割《さ》くことはない」

幼かった志貴は、帝からの情を期待しながら、傷つくことになった。

それだけでなく、帝は血を分けた子どもさえも見殺しにしてきた。志貴にとって、異母兄、姉にあたる皇子、皇女たちの中には、帝のせいで命を落とした者もいる。

「心がないわけではありません」

「あったとしても、もう壊れている」

「それでも、まだ情はあります。恭司様が、その証《あかし》でしょう？　わたしは、恭司様が帝を愛するように、帝もまた、恭司様のことを……ううん、恭司様と羽衣姫様のことを、愛しているのだと思います」

帝と恭司、そして羽衣姫。

きっと、天涯島《てんがいじま》に囚われた帝と、六久野の子どもたちが出逢《であ》ったときから、三人の関係は三人で閉ざされてしまった。

帝は、自らを虐《しいた》げた六久野を許さなかった。

それでも、恭司や羽衣姫のことは特別だったのだ。どれだけ憎もうとも、かつて三人で過ごした日々があるからこそ、愛する気持ちを捨てられなかった。

恭司が、帝を憎み、愛するように。

帝もまた、彼らのことを憎みながらも、愛さずにはいられなかったのだ。

だから、恭司や羽衣のことを宮中に囲った。決して、自分から離れることのないように、傍に置き続けたのだ。

「ごめんなさい。志貴様に、酷《ひど》いことを言います。血の繋《つな》がった我が子に情はなくとも、その二人に対しては特別な情を持っているんだと思います」

「だから、話をする余地がある、と」

今回の件は、帝が情を向ける相手──恭司の起こした凶行だ。帝とて、無関心ではいられない。

「帝が、どんな想いを抱いているのか。残りの時間を、どんな風に過ごしたいのか。それを決めるのは、恭司様ではないと思います」

「帝の望みが、恭司と同じだったら？　本当に、羽衣姫の子に殺されたがっているのかもしれない」

「たとえ、そうだったとしても。まだ、できることがあると思います。わたしには、未来は視《み》えません。でも、より良き未来に辿《たど》りつくために、力を尽くすことはできます。……このままでは、皆、すれ違ったままです。十織だけでなく、帝と恭司様も」

志貴は溜息をつく。

「俺は、帝が何かを望めば、それを止めることはできない」

「はい。だから、志貴様は、何かあったとき、わたしを見捨ててください。十織家の機織としても、あなたの友人としても。あなたに無理を言って、宮中まで連れていってくださ い、とお願いしました。心を砕《くだ》いてくださり、ありがとうございます」

志貴は苦虫《にがむし》を嚙《か》み潰したような顔になる。

「分かっているのか？　帝が、お前の首を刎《は》ねたとしても助けてやれない」

「そうならないよう、努力します。昔、終也に言われたんです。終也の大事に想うわたしのことを、わたし自身も大切にできるように、と。わたしは、わたしの命を投げ出したりしない。生きて、終也のもとに帰ります。綜志郎と一緒に」

傍《はた》から見たら、真緒の行いは愚かで、無謀《むぼう》なことかもしれない。だが、真緒には真緒の譲《ゆず》ることのできないものがあった。

「わたしは機織です。何の力もない、織ることしかできない女です。それでも、誰かの幸福を祈りながら、織り続けてきたことは、わたしの誇りです。帝や恭司様たちの、いいえ、亡くなった羽衣姫様のことも含めて、幸せでありますように、と祈ります。このままでは終わらせません」

「口だけならば、どうとでも言える。だが、お前は口だけで終わらせるつもりはないのだな。……そうだな。お前のように、宮中とは無関係の者こそが、必要だったのかもしれない」

「志貴様。ありがとうございます、たくさん心配してくれて」

「心配などしていない」

「あなたは情の深い人だから、わたしのことも気遣ってくれているんですよね。でも、もう心は決まっています。だから、わたしは大丈夫です」

真緒を糾弾《きゅうだん》するような問いの数々は、志貴の優しさだ。

彼は、今ならば引き返せる、と言っていた。終也の腕の中で、嵐が過ぎ去ることを待て、と。

綜志郎が手をかけようが、かけまいが、帝の命は風前《ふうぜん》の灯火《ともしび》なのだから。

だが、待っているだけでは、真緒の望む未来には辿りつけない。

真緒は覚悟を決めるように、目を閉じ、ゆっくりと開く。

車窓《しゃそう》から見える空は、すでに紫に染まりはじめていた。夜明けが近い。徐々に速度を緩《ゆる》める列車が、帝都に到着する。

真緒はうつむくことなく、前を向いて、列車を降りた。

八番目の地獄《はちばんめのじごく》
神在心中忌譚《かみありしんじゅうきたん》

蝶々心中

それは美しい、恋の話。

1.

月明かりの照らす庭は、一面、紫の花に染められていた。しっとり濡れたような花たちは、甘い蜜を湛《たた》えて、風に首を揺らしている。

夏の夜風は、庭を囲っている樹木さえも揺らし、ひゅるり、と吹き抜ける。鬱蒼《うっそう》と生い茂る木々は、外界を拒《こば》むよう、あちらこちらに枝葉を伸ばしていた。

ここは閉ざされた庭であり、正しく虫籠《むしこ》であった。

八塚《やつか》一族の先祖――蝶の姿をした神様を留めるための籠《かご》だ。

「螟《めい》には見えるの？　神様が」

淡雪を被《かぶ》ったような白髪《はくはつ》の青年は、ゆっくりと頷《うなず》いた。金色の眼を細めながら、そこに蝶でもいるかのように、花々の合間を見つめている。

「見える。とても綺麗《きれい》な蝶々だ。月の光を浴びると、きらきら輝く紫の翅《はね》を持っている。まるで、紫織子《しおりこ》の瞳みたいな」

螟は微笑《ほほえ》んで、わたしには見えない神様の姿を教えてくれた。

「その神様のおかげで、八塚は神在《かみあり》でいられるのね」

神在とは、神の在《あ》る一族のこと。

はるか昔、国生みのとき、一番から百番までの神が産声《うぶごえ》をあげたという。その一柱、一柱を始祖《しそ》とし、いまだ所有している一族を、此《こ》の国では神在と呼ぶ。

わたしが生まれた八塚は、そんな神在のひとつであった。

「ああ。うちの神は八番様《はちばんさま》。未来視の蝶だ」

遠い先に辿《たど》りつく未来まで、飛翔することができる神だった。

八塚は、神を未来に飛ばし、その視界を盗み見ることで、限定的な未来視を可能とする。未来視によって権力を握り、国の中枢《ちゅうすう》に根差した占者《せんしゃ》の一族だった。

「わたしにも、神様が見えたら良かったのに」

そうしたら、胸を張って、彼の隣に立つことができた。一族の者たちに隠れて、夜更けに逢瀬《おうせ》を重ねることもなかった。

「俺は、紫織子に神様が見えなくて良かった。お前に力がないことを嬉しく思う」

「どうして？」

「何も持っていない。つまり、何も背負わなくて良い、ということだ。お前は何処《どこ》にだって、飛んでいくことができる。俺と違って」

子どもの頃、彼は教えてくれた。

螟とは《螟蛉《めいれい》》——青虫を意味する言葉から取られた名前だ。

青虫は、蝶の幼生《こども》。蝶の姿をした神を始祖とする八塚にとって、これ以上ない祝福となる名前である。

その名は優れた未来視の眼を持つ証《あかし》であり、死ぬまで一族に囚われる証でもあった。

「わたし、何処にも行かないわ。何処へ行くの？　あなたを置いて」

一族の娘でありながら、わたしは未来視の眼を持たない。

だから、誰からも疎《うと》まれて、虫けらのように踏みにじられるしかなかった。息を殺して、地面に額をこすりつけて、ようやく生きていることを許された。

わたしを救ってくれたのも、愛してくれたのも、螟だけだった。わたしの従兄《いとこ》、わたしの神様みたいな恋人。

どうして、この人を置いていくことができるだろうか。

「あなたの隣に並ぶことはできないの。わたしには、あなたが視《み》ている未来が視えない。なんにも分からない。でもね、螟」

一族の誰よりも恵まれて、誰よりも未来視の力を得た男。

一族の誰よりも疎まれて、誰よりも未来視から離れた女。

わたしたちは、あまりにも正反対で、決して同じ存在になることはできない。

「何も視えない、わたしだって。あなたと一緒に死ぬことはできるのよ」

ただ、同じにはなれなくとも、同じ時に死んであげることはできる。

螟は息を呑《の》んだ。いつも微笑んでいる青年には似合わぬ、迷子になり、途方にくれた幼子のような顔をしていた。

「……俺と死んでくれるのか」

「あなたが何処にも行けないのなら、わたしもここにいる」

「ここが地獄でも？」

螟は血を吐くように言った。この庭に花を咲かせて、神様を留めるために、血で血を洗うような悪逆非道が繰り返されてきた。

未来とは、無数に枝分かれし、幾重にも広がるものだ。

未来を視ることは、未来を選ぶことであり、それ以外の未来を潰すことでもあった。数多《あまた》の未来を盗み見ては、生きるべきだった数多の命を見殺しにしてきた。数え切れないほどの屍《しかばね》を積みあげて、一族の繁栄《はんえい》は約束される。

ここは地獄だった。夥《おびただ》しいほどの血と、肉と、命を犠牲《ぎせい》にして保たれた、美しくも悍《おぞ》ましい箱庭だった。

「あなたとなら、幸せな地獄になるわ」

けれども、わたしの胸には、ひと匙《さじ》の哀しみだって存在しなかった。この人がいるならば、どんな地獄でも笑っていられる。

壊れ物をあつかうように、螟は恐る恐る、わたしの頬《ほお》に触れた。他の誰かであったら、わたしは縮こまり、殴《なぐ》られることに怯《おび》えただろう。

螟の手だから、安心して頬を寄せることができた。彼だけは、わたしを傷つけることはないと知っていた。

優しい雨のような口づけが、そっと降ってくる。

「なら、約束しよう。死ぬときは一緒だ」

その約束だけで、わたしは誰よりも幸福でいられた。どれだけ痛くとも、苦しくとも、この地獄で息をすることができた。

それなのに、どうして?

どうして、すべて燃えてしまっているのだろうか。

紫の花咲く庭が、真っ赤な炎に呑まれていた。

夜闇を引き裂くよう、煌々《こうこう》とした炎が立ちのぼっている。神様のための虫籠が、呆気《あっけ》ないほど簡単に燃えてしまう。

「紫織子」

誰かに名を呼ばれた気がした。

直後、揺れる炎から、黒々としたものが飛び出してくる。

最初は、何であるのか分からなかった。だって、その手はもう、すべての指が燃え落ちて、棒切れのようになっていたから。

炎から、螟が手を伸ばしていた。

けれども、わたしは炎に飛びこんで、彼の手を取ることができなかった。声を失くして、震えることしかできなかった。

伸ばされた手が、ぽたり、と燃え落ちて。

黒焦げになった螟の身体《からだ》が、灰降る地面に倒れた。

両腕を失くした姿は、まるで地を這《は》う青虫のようであった。ずるり、ずるりと身をよじっては、誰かに踏みにじられることしかできない命だった。

愛する恋人は、虫籠で焼け死んだ。

わたしが十三歳になった、夏の夜のことだった。

2.

わたしが死ぬとき、八塚の一族は亡《ほろ》びる。

その未来視を遺《のこ》したのは、五年前に焼死した恋人だった。

「紫織子！　紫織子、何処にいるの!?」

館の奥から中庭まで、ご当主様の声は突き抜ける。紫織子。わたしの名を呼ぶ声に、洗濯《せんたく》をしていた手を止めた。

指先から掌《てのひら》にかけて、じくり、と痺《しび》れるように痛む。汚水に浸していた手は、年頃の娘とは思えぬほど傷だらけだった。あちらこちら罅割《ひびわ》れて、厚くなった皮膚《ひふ》は、この先も治ることはないだろう。

「ご当主様。紫織子は、こちらにおります」

わたしが参るよりも、ご当主様の方が早かった。中庭に現れたのは、まだ此の国では珍しい、外つ国《とつくに》の装《よそお》いをした女だ。

喪服《もふく》のような黒ドレスの裾《すそ》が、ひらり、と夏風に舞う。

すでに初老とも言うべき年齢だが、いやに若々しかった。金色のまなざし、人形みたいに整った容貌《ようぼう》は、彼女の息子——死んでしまった螟を思わせる。

雰囲気《ふんいき》こそ真逆だが、母と子であるため、顔のつくりは瓜二《うりふた》つだ。

「呼ばれたら、はやくお出《い》でなさい。耳までおかしくなったの？」

いかにも神経質そうな、細い眉《まゆ》が吊りあがった。

「はい。螟が死んだときから、おかしくなってしまったのかもしれません」

八塚螟。わたしの従兄、神様みたいだった恋人は、五年前に焼け死んでしまった。以来、ガラス一枚を隔《へだ》てたように、何もかもが遠く感じられる。

打ち捨てられても、折檻《せっかん》されても、今のわたしは傷つかない。だから、ご当主様の機嫌を損ねるような口答えをしてしまう。

「出来損ないが、あれの名を呼ぶでない。螟の未来視さえなければ、とうの昔に殺してやったというのに」

八塚の血を引きながらも、わたしは未来を視るための眼《め》を持たない。

本来ならば、真っ先に殺されるはずだった。陰《かげ》から守ってくれていた螟が死んだ今、わたしの命など紙よりも軽い。

今もなお、わたしが生かされている理由はひとつ。死んでしまった螟が遺した、とある未来視のおかげだった。

――曰《いわ》く、紫織子の死こそ、一族の亡び。

たった一言であっても、優れた未来視の眼を持った男が遺したものだ。未来視によって繁栄し、権力を握ってきた八塚にとって、無視できる言葉ではなかった。

「ご当主様。螟の遺言《ゆいごん》、本当のことだと思いますか？」

彼女は眉間《みけん》のしわを深くした。

「……今の八塚では、誰にも分からぬ」

螟の遺言は、五年前から今に至るまで、嘘か真か、確かめることができない。

「虫籠《むしこ》が燃えて、神様も消えてしまったからですか？」

八塚の未来視は、神無くしては成り立たない。

虫籠に植えられていた花は、神を留めるための花だった。花が燃えてしまえば、花蜜を餌《えさ》としていた神も、当然のように虫籠から去ってしまう。

「消えたのではない。虫籠の再建が終われば、神は戻られる」

唯一の救いは、火を逃れた花が、わずかに残されていたことだ。

記録では、大昔にも似たようなことがあったという。花が残っているのならば、神との繋《つな》がりは絶たれていない。

虫籠が元通りになったとき、神は戻り、未来視も再開される。

「はやく、新たな未来を視《み》なければならぬ。五年前までに記された未来視は、もう使えるものが少ない。ことが露見し、帝に伝わるのも時間の問題だ」

「帝に伝わったら、八塚はもう神在《かみあり》ではいられませんか？」

「神を無くせば、それは神在ではない。一時《いっとき》であろうとも、神を逃したのだ。お家の取り潰しは免《まぬが》れないだろうよ」

所有していた神を失って、取り潰された神在の家は少なくない。国生みのとき産声をあげた一から百番までの神々、その半数は、すでに此《こ》の国を去った。

八塚とて例外ではない。神在でなくなったときから、あらゆる特権は奪われて、一族の栄華は途絶える。

ただ、わたしには分からない。お家が没落することの、いったい何が悪いのか。

「神無《かみなし》になるのは、お嫌ですか？　徒人《ただびと》であることは、それほどまでに耐えがたい苦痛なのでしょうか？」

瞬間、頬に痛みが走った。ご当主様は肩を震わせて、繰り返し、手を振りあげた。

「ああ、耐えがたい苦痛だ。はじめから何も持たぬ人間には、決して分からぬだろうが。螟も、なぜ。なぜ、お前のような娘に情を持ったのか」

「命日を憶えているくらいには、あの人を愛しているからだと思います。ご当主様や、ご家族の皆さまと違って」

毎年、螟が死んだ日を迎える度《たび》に、遣《や》る瀬無《せな》さが募《つの》った。誰ひとり彼の死を悼《いた》まないことに、打ちのめされてしまう。

虫籠で燃え果てる日まで、螟は一族に尽くしていた。この地獄で心をすり減らしながら、無数に枝分かれし、幾重にも広がる未来を見つめ続けた。

螟の献身を、一族の者たちは気にも留めない。あまりにも薄情だった。

「今日が、あの人の命日ですよ」

ご当主様は唇を歪める。気づいていながら、触れずにいたのか。あるいは、虫籠が燃えた日であることは憶えていても、息子の命日という認識はなかったのか。

「命日だから、あれの死を悼めと？　死者にこだわったところで、八塚に未来はない。それも、あれは罪人だ。虫籠を道連れにして、燃え尽きたのだから。……私は疑っている。あれが自分で火をつけたのではないか、と」

五年前の火事は、今も原因が分かっていない。

何者かが、虫籠に螟がいることを知り、彼を殺すために火を放ったのか。それとも、虫籠で死ぬために、螟が自ら火をつけたのか。

「螟じゃありません」

「お前は、そう信じたいだけ。おめでたい頭。少し冷やしたらどうだ？」

ご当主様は洗濯桶《せんたくおけ》を持ちあげると、わたしの頭上でひっくり返した。汚水を頭から被《かぶ》って、わたしはゆっくりと瞬きをする。

「悲鳴すら上げぬか？　螟がいた頃だったら、この程度の悪戯《いたずら》でも、涙のひとつくらい見せただろうに」

「では、昔みたいに首でも絞《し》めますか？　骨を折っても良いかもしれません。きっと、泣き声の一つや二つ上げますよ」

「よく言う。ほんに、つまらぬ女になったな」

ご当主様は溜息をついて、わたしに背を向ける。

「御用があったのでは？」

「お前のような愚《おろ》か者に頼むのは止めにする。お前の相手をしていると、こちらまで、おかしくなってしまう」

ご当主様を見送ってから、わたしは目を瞑《つむ》った。瞼《まぶた》の裏で、頭の奥で、今もまだ赤い炎が揺れている。

「ずうっと一緒。そう約束したから、螟は自殺したわけじゃないの」

螟が虫籠に火をつけて、自ら命を絶ったと思いたくなかった。

（だって。そんなの、神様と心中したみたいだもの）

彼と一緒に死ぬ約束をしたのは、わたしだったのに。


洗濯物をやり直して、他にも課せられた仕事を終えたときには、いつもどおり深夜になっていた。

静まりかえった館を、足音を立てぬよう歩く。

八塚の本邸は、此の国で受け継がれてきた伝統的な家屋ではない。

海の向こうにある、外つ国《とつくに》。

その文化を以《もっ》て建てられた、築数十年の瀟洒《しょうしゃ》な館であった。当時、どの家よりも早く、外つ国の文化を取り入れることができたのは、それだけ八塚が宮中に近しく、重用されてきた証《あかし》だった。

三階の廊下《ろうか》に差しかかったとき、ちょうど窓から虫籠が見えた。

五年前に燃えた虫籠は、ずいぶん再建が進んでいた。淡い光を纏《まと》いながら、あちらこちらで紫の花々が綻《ほころ》んでいる。

きっと、遠くないうちに神様は戻られるだろう。

虫籠に神様が戻ったとき、八塚の未来視は再開する。一族の者たちは、こぞって未来を視るはずだ。

——わたしの死こそ、一族の亡びなのか。

螟の遺《のこ》した未来視の真偽が、ようやく明らかになる。そして、結果がどうであれ、わたしは殺されるだろう。

真実であったとしても、無数に分岐《ぶんき》する未来の中には、わたしが死んでも一族が亡びない未来もあるはずなのだ。その未来を視て、選ぶことができるなら、わたしを生かしておく必要はない。

偽りであったとしたら、わたしを殺しても一族は亡びない。

(ぜんぶ、どうでも良いけれど。螟がいないなら、いつ死んでも怖くないもの)

殺されると知っても、わたしの心は揺らがなかった。

廊下の行き止まりにある、物置のような部屋に入った。今夜は曇天《どんてん》のせいか、窓から零《こぼ》れる月明かりは少なく、ほとんど何も見えなかった。

いつものように、戸棚《とだな》にある木箱に手を伸ばしたときだった。

「紫織子」

二度と聞くことはないと思っていた声だった。

窓辺に顔を向けると、生白い手が浮かんでいた。薄闇から、まるで手招きするように。

五年前、炎から伸ばされた手がよみがえる。あのとき、彼の手をとることができなかった記憶が、生々しく襲いかかってきた。

「螟？」

はっきりと顔が見えなくとも、その人が螟であると分かった。ほんのり香った墨《すみ》の匂《にお》いは、むかし彼と交わした手紙と同じだった。

大好きな香りを、片時も忘れたことはなかった。

暗がりにある手を、強く摑《つか》みとった。そのまま彼の胸に飛び込んだとき、雲間から月が顔を出して、ぱっと窓辺が明るくなる。

月明かりが、わたしを抱きしめる男を照らした。

淡雪を被ったような白髪《はくはつ》が、きらきら輝く。まるい金の瞳は、一緒に死のう、と約束した日と変わらず、甘くとろけるような色をしていた。

あの日と違うのは、顔の左半分にある火傷《やけど》の痕だった。

左の頰《ほお》から額にかけて、灼熱《しゃくねつ》の炎に舐《な》められたかのように引きつり、凸凹《でこぼこ》とした痕が広がっている。

それは否応《いやおう》なしに、虫籠で起きた火事を思い出させる。

わたしの恋人は、やはり、あのとき燃えてしまった。手足をもがれ、地を這《は》う青虫のように死んでいった。

（なら、ここにいる螟は？）

火傷の痕こそあるが、あの日の凄惨《せいさん》な姿ではなかった。燃え落ちたはずの腕で、わたしを抱きしめている。

「会いたかった」

血を吐くような声だった。

だから、わたしは何もかも考えることを止めた。この地獄に螟がいるならば、姿かたちも、理由も、何ひとつ気にすることではない。

五年前のわたしは、ここが地獄でも幸福だった。そう思うことができたのは、螟が傍にいて笑ってくれたからだ。

螟がいなければ、この地獄は地獄でしかなくて、わたしの心は痛みすら感じなくなった。殴《なぐ》られても、罵倒《ばとう》されても、ガラス一枚隔《へだ》てたように、すべてが遠かったのだ。

螟のいない地獄は無価値だった。わたし自身にすら、何の価値もなかった。

氷のような指先が、わたしの頬に、目元に、慈《いつく》しむように触れる。わたしは背伸びをして、そっと螟に口づけた。

「わたし、大きくなったのよ。だから、会いに来てくれたの？」

十三歳だった少女は、もう十八の女になった。背伸びをすれば、あなたに届くようになったのだ。

その夜は、夢のように幸せだった。

あの日、掴むことのできなかった手を、ようやく掴むことができた。喪《うしな》われた温もりが、すぐ傍で、冷えた心を温めてくれる。

死んでしまった恋人は、わたしのために還《かえ》ってきてくれたのだ。

3.

窓辺から、まばゆい朝日が零れる。

目が覚めたとき、螟の姿はなかった。ただ、わたしの小袖《こそで》には、懐かしい墨の香りが移っていた。

昨夜、螟は傍にいてくれた。わたしのもとに還ってきてくれたのだ。

（神在《かみあり》。この国には、今だって神様が在る。……わたしたちは、神様の血を継いでいるのだから。なら、死んだ人が還ってきたとしても、それは自然なことでしょう？　間違いではないでしょう？）

紫織子、と名前を呼んでくれた。二本の腕で抱きしめてくれた。死んでも良いと思っていた心が、あの頃のように温かな気持ちで満たされていく。

五年ぶりの涙を拭《ぬぐ》って、わたしは朝の仕事に向かった。

廊下を歩きながら、いつもと館の様子が違うことに気づく。

本家筋の人間が住まう棟に、人だかりがあった。皆、青ざめた顔をして、棒切れのように立っている。

誰も彼も、未来視の眼を持ち、一族の中でも力のある者たちだ。

「紫織子。お前も来たのか」

「久弥《ひさや》様？　珍しいですね、本館にいらっしゃるなんて」

御当主様の息子であり、螟の異父弟《おとうと》。螟が死んだ今、誰よりも次期当主として期待されている人だった。

久弥様は、ほとんど本館には顔を出さない。螟が死んでから、この人は敷地内にある別の建物に移っているのだ。見かけるのは年中行事のときくらいだった。

「やはり、お前は何も知らないか。いや、お前が犯人ではないことは、分かっていたが。あれは、お前には無理だな」

「犯人？」

まるで話が見えなかった。この騒ぎと関係あるのだろうか。

「見るか？　お前には刺激が強いと思うが。未来視で、腐るほど人死《ひとじ》にを視《み》ている俺たちとは違うからな」

久弥様が指差したのは、絨毯《じゅうたん》の敷かれた廊下だった。揺れるカーテンの隙間《すきま》から、ふわり零れる朝日が、そこに倒れた人を照らす。

腰まで伸ばされた、雪を被ったような白髪。寝巻きであろう絹のドレスは、赤く、まだらに染められていた。

血で染まっている。否《いな》、血と肉で染まっていた。

彼女は刃物で滅多《めった》刺《ざ》しにされて、抉《えぐ》り、ほじくるように、全身の肉を削《けず》られていた。廊下に点々と落ちている塊《かたまり》は、彼女の肉のかけらだ。

ずるり、ずるり、と息も絶え絶えの身体《からだ》で、這いずったのだろう。引きつれたような絨毯の皺《しわ》には、べったりと血肉が残されていた。

虫けらのように死んでいたのは、螟の叔母《おば》にあたる人物だった。

「殺されたらしい。朝になったら、この騒ぎだ。俺が呼び出されるくらいだから、よっぽどだろう？」

わたしは口元を押さえて、なんとか吐き気を堪《こら》える。まともに見ていられず、凄惨な遺体から目を逸《そ》らした。

「この、未来は」

「もちろん、誰も視ていなかった。少なくとも、五年前までの記録には、このような未来はなかった。――未来が変わったのか？　それとも、記録された未来視に、意図的に偽りが混ぜられていたのか」

芝居がかった仕草で、久弥様は肩を竦《すく》める。彼が言わんとしていることは、わたしにも察することができた。

「わたしの死こそ、一族の亡び」

焼死した螟は、不吉な未来視を遺していた。

「その未来視だけではない。螟兄様の形見となった未来視は、腐るほどあるんだ。いくつか偽りが混ぜられていたとしたら？　今の俺たちには真偽が分からない。なにせ、虫籠《むしこ》の神は、いまだ戻られていないのだから」

「螟には！　螟には、そのようなことをする理由がありません」

「理由ならある。兄様は、いつだって八塚を恨んでいたよ。自分の女を虐《しいた》げるような身内は、要らなかったんだろうな。兄様が偽りを遺したなら、ぜんぶ、お前のためだ」

いやに大人びた眼差《まなざ》しだった。わたしと変わらぬ年頃でありながらも、何倍もの年を重ねているようだ。思えば、螟も同じだった。数え切れないほどの未来を視たせいか、年齢には似合わぬ、老成したような、達観したような目をしていた。

「気づいて、いらっしゃったんですね」

「五年前から、みんな知っている。兄様がいる手前、あえて口にしなかっただけで。兄様は、八塚にとって特別な人だった。若いときの火遊びくらい、当主様も目をつぶってやったんだろう」

「火遊びができるほど、器用な方ではありませんでしたよ」

「洒落《しゃれ》か？　火遊びどころか、自分まで燃やしてしまったからな。……ああ、怖い顔をするのは止めてくれ。兄様が化けて出てきそうだ。叔母様が殺されたのも、あの人の祟《たた》りなのかもしれないな」

「……螟は」

言いかけて、わたしは口を噤《つぐ》んだ。

「冗談だよ。祟りなど起きない、死者は還らない。それだけは、どんな神様にもできないことだ。……ただ、兄様は変わった人だったからな。死者の国から還るくらい、やってのけるのかもしれない。情に厚くて、可哀《かわい》そうな人だったよ。一族の道具として、未来だけ視ていれば苦しまなかっただろうに」

「道具なんて。ひどいことを言わないでください」

「俺たちは道具だよ。未来を視るための眼だ。代わりはいくらでもいるし、そうでなくてはならない。分からないか？　お前の身体にも、神様の血が流れているのに。なあ、従妹《いとこ》どの」

「分かりません。わたしは出来損ないですから」

「そう。分かりたくなったら、俺のところに来ると良い。見せたいものがある」

久弥様は笑って、廊下の遺体と、それを囲う親族のもとに向かった。年若い弟妹を宥《なだ》めて、年配の者たちにも気づかわしげに声をかける。

その光景を、わたしは他人事《ひとごと》のように眺めた。

神様の血が流れている。その意味では、わたしも久弥様たちと変わらない。けれども、わたしは永遠に、一族の輪に入ることはできない。

螟。目が覚めたときには、姿を消していた恋人。彼だけが、わたしの家族だ。

（螟が還ってきた夜に、一族の人間が殺された）

それを偶然と呼んで良いのか、わたしには分からなかった。ただ、昨夜のことは、誰にも話してはいけないと思った。

数日後、あたりが夜闇に包まれる頃のことだ。

わたしは敷地内にある、小さな館の前に立っていた。

一族が暮らしている本館と、外観だけはそっくりで、同じように三階建てだ。ただ、比べるまでもなく小さかった。もともと複数人が生活することは想定しておらず、もっと別の用途のために建てられたのかもしれない。

「来たのか。当主様に見つかると面倒だから、はやく入ってくれ」

久弥様は周囲を警戒しながら、わたしを手招きした。

はじめて入った建物は、思っていたよりも生活感がなかった。

久弥様がこちらに移り住んだのは、螟が死んだ直後のことだ。五年も経っているわりに、人の暮らしている気配がない。

「あちこち見たところで、何も出てこない。俺が使っているのは、屋根裏部屋と地下書庫くらいだからな」

「すみません。……わたしに見せたいものって、何ですか？」

「お前の知らなかった、螟兄様のことだな」

久弥様が案内してくれたのは、地下にある書庫だった。

むせ返るような、古ぼけた紙の匂《にお》いが漂っている。所狭しと並べられた書物に圧倒されて、わたしは息を止めた。単純な量の話ではなかった。書物の一冊から、綴《つづ》られた紙の一枚から、得体の知れない悍《おぞ》ましさが溢《あふ》れている気がした。

「一族の人間は《先見秘録《せんけんひろく》》と呼んでいる。この建物の名であり、保管された記録そのもの。八塚の者たちが視《み》てきた、未来の記録だよ。俺たちは、これを遺《のこ》すための道具なわけだ」

自分たちは道具であり、いくらでも代わりがいる。

久弥様の言葉が、ようやく腑《ふ》に落ちた。八塚にとって重要なのは、誰が未来を視るかではなく、どんな未来を記録するかだった。

「そして、これらを編纂《へんさん》することが、次期当主の役目だった。俺が移り住んでくる前は、当然、螟兄様の役目だな」

「偽りの未来を遺すだけじゃなくて。螟なら、都合の悪い未来を隠してしまうこともできたんですね」

「ああ。知っているか？　叔母様のあとにも、もう何人か殺されている。たった数日のうちに、それだけ殺されたんだ。だが、何処《どこ》にも記録はない。誰も、その未来を視ていない。

——普通ならば、あり得ない。あったとしたら、とっくに八塚は亡んでいる」

知らなかった。ろくに弔《とむら》われることなく、遺体は敷地内の墓地に埋められたという。葬儀すら行われないのは、螟が死んだときと同じだった。

やはり、いくらでも代わりはいるのだ。どれだけの遺体が積みあがっても、八塚の家はまわっていく。

目を伏せると、美しくも悍ましい、紫の庭がよみがえる。あの場所に神を留めようとする限り、一族は変わらない。

螟が囚われていた地獄は、いつまでも終わらない。

「兄様は、この未来を視ていたはずだ。一族の人間は、俺も含めて想定外に弱い。記されていない未来ならば、警戒することもできず殺される。兄様は、そのことを誰よりも分かっていたんだろう」

八塚の人間は、未来を視ることで、不利益を被《こうむ》らないよう立ちまわってきた。

彼らにとって、未来にある危険は危険ではない。道端に落ちている石ころを避けるように、容易《たやす》く回避できるものだった。

この未来が視えていたら、あるいは記されていたならば、一連の殺人は起こらなかった。

「螟が、一族の人間を殺していると?」

久弥様は目を丸くした。

「まさか。死者は還《かえ》らない。俺だって、兄様が直接、一族の連中を殺しまわっているとは思っていない。ただ、この状況を作り出すことくらい、あの人なら死んだ後でも出来るだろう」

皆が皆、螟の掌《てのひら》のうえで踊らされているのかもしれない。

わたしは頭を下げて、本館へと戻った。

物置のような自室に飛びこんで、深く息を吸った。螟が纏《まと》っていた墨《すみ》の香りが、まだ部屋には残っている気がした。

死者は還らない。だが、あの夜、螟は会いに来てくれたではないか。触れあった唇も、抱きあったときの鼓動も、夢まぼろしではなかった。

血が滲《にじ》むほど強く、唇を噛《か》みしめる。

夢まぼろしでないのならば、わたしを抱きしめたように、誰かを殺すこともできるのだ。

「浮かない顔をしているね」

その声に、わたしは戸口に視線を遣《や》った。

「螟」

薄闇のなか、とろけるような金の瞳が光った。命日の夜と同じだった。間違いなく、彼はここにいる。

「少し気を張っているのかも。あなたの叔母《おば》と、……他にも何人か。いろんな人が殺されてしまったのよ」

蜈は驚いた様子も、悲しんだ様子もなく、そう、と言った。

「気にならないの？　あなたの家族よ」

わたしにとって、彼女たちは家族ではなかった。だが、次期当主として期待されていた蜈からすれば、世話になり、親しくしていた家族だろう。

「君が無事なら、他の誰が死んでも構わないよ」

蜈らしくない言葉だった。

生前の彼は、誰にでも平等に優しい人だった。大事な人にも、それ以外にも慈悲《じひ》深く、誠実であった。だから、わたしのような出来損ないにも手を差し伸べた。

彼ならば、殺された者たちを憐《あわ》れみ、胸を痛めると思っていた。

「意外かな？　でも、一度は死んでしまった身だからね」

瞼《まぶた》の裏に、五年前の光景が焼きついている。

真っ赤に揺れる炎から、蜈が手を伸ばしていた。けれども、わたしは震えるばかりで、彼の手を取ってあげることができなかった。

一緒に死ぬと約束しながらも、一緒に燃え尽きることができなかった。

だから、わたしは五年前の火事を、何者かによる放火と信じたかった。螟が焼身自殺を図り、神様と心中したとは思いたくなかった。

「教えて。五年前の火事は、放火だったの？　ううん、違うの。あの夜のことを、あなたは視ていたの？」

螟が、自ら虫籠《むしこ》に火をつけたとしても。

誰かが、螟を殺すために虫籠に火を放ったとしても。

あの夜の火事を、螟が未来視で知っていたのならば、どちらにせよ自殺のようなものだった。自らが焼死する未来を、彼は拒《こば》まなかったのだ。

ご当主様も、わたしも気づかぬふりをしていた。だが、そのことを一番に確かめる必要があったのだ。

「あの日、僕は死ぬ必要があった」

答えになっていない。だが、これ以上は聞かないでほしい、と言わんばかりに、螟は切なげに眉《まゆ》をひそめた。

「わたしとの約束を、破っても？」

一緒に死ぬと約束した。けれども、彼は独りで死んでしまった。

「意地の悪いことを聞くね。……ねえ、君は憶えているかな？　サナギの話を」

「手紙のこと？」

戸棚に手を伸ばして、古ぼけた木箱を開けた。墨の香りと一緒に、かつて螟と交わした手紙が出てくる。

わたしと彼は、表立って会うことはできず、一緒にいられる時間も少なかった。だから、あの頃のわたしたちは、手紙でも言葉を交わしていた。

会えないときも、互いのことを想っている証《あかし》とするために。

サナギ。窓辺にいたサナギが、羽化したときの話だ。たまたまサナギを見つけた彼は、そのことを手紙に書いてくれた。

はっきりと憶えている。サナギの手紙を最後にして、螟は焼け死んだのだ。

「サナギの中身が、どうなっているのか知っている？」

「いいえ」

「どろどろに融《と》けてしまっているんだ。そうしなくては、青虫は美しい蝶に成れない」

どろどろ。だから、螟は炎に融けてしまったのだろうか。

美しい蝶に成る。おそらく世間様が言うところの美醜《びしゅう》の話ではない。もっと特別な何かのことを、この人は美しいと言っていた。

蜈蛉《めいれい》とは、青虫を意味する言葉だった。

そこから名前を取った彼は、特別な美しい蝶に成るために、五年前に燃えて、融かされてしまう必要があったのか。

「分からないわ。青虫のままで、何が悪かったの？　青虫のままでも、わたし、ずっと一緒にいたのに」

たとえ美しい蝶に成れなくとも、わたしは最期まで傍にいた。

「……うん。君なら、そう言ってくれると思ったよ。でも、僕は美しい蝶に成りたかった、僕を殺さなくてはならなかった」

ふたりの間に、重たい沈黙が落ちる。蜈の視線は、黙り込んだわたしではなく、手紙を仕舞っている箱に向けられていた。

「手紙、捨てなかったんだね」

狭い部屋には、ほとんど物がない。着古した小袖《こそで》と、わずかな生活雑貨があるくらいだった。大切なものは、蜈から貰《もら》った手紙だけだった。

「恋人の手紙を捨てるような、薄情な女だと思うの？」

「まさか。僕は、君ほど情の厚い女を知らないよ。八塚の者は、みんな薄情なのに」

たしかに、この家に生まれた者たちは薄情だった。薄情だから、蜈が死んだあと、誰も彼を悼《いた》んでくれなかった。

それどころか、未来視が一時的に途絶えた現実ばかり嘆《なげ》いた。

螟のことを罵《ののし》る者もいた。螟が生きていたとき、媚《こ》びを売り、へりくだっていた者たちが、呪詛《じゅそ》のような言葉を吐いた。

「でも、螟は違う。薄情ではないもの」

薄情な男ならば、わたしを恋人にすることはなかった。わたしが螟に与えられるものなど、何ひとつなかったのだから。

わたしを憐れみ、愛してしまった時点で、一族では珍しいほど情に厚かった。

「君は、いま幸せ?」

不思議な問いだった。そのようなこと、尋ねなくとも分かるだろうに。

「幸せよ」

死者の国から、螟が還ってきた。二度と会えないと思っていた恋人が、手の届く場所にいる。螟だけが、この地獄で唯一、価値あるものだった。

「僕は、君と恋人になったことを後悔《こうかい》している。五年前から思っている。僕が、君を不幸にしてしまったんじゃないか、と」

わたしは目を丸くした。

「変なの。螟がいなかったら、わたし、ずっと不幸だったのに。……だから、あなたが死んで寂しかった。哀しかった。苦しかったの。どうして、わたしを置いていったの？」

「ごめんね」

謝ってほしいわけではなかった。堪《たま》らなくなって、彼の胸に飛び込む。

五年前と比べて、すっかり薄くなってしまった背中に腕をまわす。とくん、とくん、と鼓動の音がした。まるで、本当に螟が生きているかのように。

違う。彼が生きていても、死んでいても構わなかった。

「でも、会いに来てくれたから、許してあげる。どんなあなたでも、わたしは愛しているから」

螟の身体《からだ》が強張《こわば》った。ためらうように、彼はわたしの頬《ほお》に触れる。その手が、濡れていることに気づいた。

「螟？」

「本当に。どんな僕でも、君は愛してくれるの？」

ぬるり、とした彼の手が、わたしの頬を撫《な》でた。刷毛《はけ》で絵の具を塗りつけるような、そんな仕草だった。

窓辺から零《こぼ》れたのは月光だった。雲間から現れた月が、無情にも部屋の暗がりを消してしまう。

蜈の手は、真っ赤に濡れていた。

そのとき、廊下から、べちゃり、という音がした。粘液に包まれた何かが、ずる、ずる、と這《は》いずるような音だった。

「……なんの、音」

「見てくる？　君にとっては、嬉しい光景だと思うよ」

恐る恐る扉を開けば、薄暗い廊下がある。

すらりとした女性が、絨毯《じゅうたん》に横たわっていた。白魚《しらうお》のような指は折れて、腫《は》れあがった手が、助けを求めるよう宙に伸ばされている。

仕立ての良いドレスが、血と肉と吐しゃ物で汚れていた。翅《はね》のように広がったドレスの裾《すそ》に、わたしは幼い日を思い出した。

蝶の標本だ。むかし、蜈が見せてくれたそれらによく似ていた。

「ご当主様」

痛みと苦しみで歪んだ顔が、月明かりに照らされている。

蜈の母。一族を取り仕切る女は、惨《むご》たらしく命を散らしていた。

先ほどの、べちゃり、べちゃり、という音は、息も絶え絶えになった彼女が、何とか助かろうと這いずった音だ。

夏の夜風が、ひゅるり、と窓から吹き抜ける。

「どんな僕でも、愛してくれるんでしょう?」

虫けらのように死んだ母を見下ろして、螟はうっとり笑う。そうして、暗闇に融けるように姿を消してしまった。

4.

螟を追いかけることもできず、わたしは一睡もしないで夜を明かした。血のついた頬を拭《ぬぐ》って、廊下の死体にも気づかぬふりをした。

朝になって騒然とする一族を、他人事《ひとごと》のように眺めていた。

「お前が、お前が殺したのよ!」

髪を振り乱して、女が詰め寄ってくる。甲高《かんだか》い音がして、頭に痛みが走った。彼女は振りあげた手を、何度も、何度も叩きつけてきた。

「お兄様だけでなく、お母様まで。出来損《できそこ》ないのくせに、いまもこうして、のうのうと生きているなんて! 皆、死んでしまったのに」

「お嬢様」

螟の異父妹《いもうと》だったはずだ。螟とも、ご当主様とも似ている美しい顔《かんばせ》が、怒りとも哀しみともつかぬ表情に染まる。

「お前と関わるもの、皆、不幸になる。きっと、わたしも……っ、わたしも殺されるのね」

金色の瞳に涙を湛《たた》えて、彼女は泣き崩れてしまった。身も世もなく泣きわめく姿は、萎《しお》れた花を思わせて、ひどく憐《あわ》れみを誘った。

「姉様、少し休みましょう。胸の病が悪化したら、またお医者様を呼ばないといけませんよ。皆も突っ立ってないで、姉様をお連れしろ」

本館に駆けつけていた久弥様が、宥《なだ》めるように、彼女の肩を抱く。

「次の当主は、久弥兄さまですか？」

遠巻きにしていた少年が、ぽつりと零《こぼ》した。

「今は分からない。だが、当主が殺されたとなれば、いろいろと話し合う必要があるだろうよ。広間に集まってくれ。俺も、すぐに向かう」

そう言って、久弥様は一族の者たちを下がらせた。廊下に取り残されたのは、彼とわたしの二人だけだった。

「わたしが殺した、と。久弥様も、そう思われますか？」

「いいや。お前には誰も殺せない。当主どころか、他の者たちも」

――紫織子の死こそ、一族の亡《ほろ》び。

螟の遺言《ゆいごん》のこともあり、わたしは自殺を禁じられていた。だから、刃物のような凶器は、端《はな》から取りあげられているのだ。

ご当主様たちの死因は、刃物で身体を裂かれたことだ。肉や臓腑《ぞうふ》を抉《えぐ》り、引きずり出すような惨たらしい殺害方法は、わたしには不可能だった。

（殺したのは、きっと）

血に濡れた、螟の手を思い出す。

あの人が還《かえ》ってきたのは、わたしに会うためではないのかもしれない。

本当の目的は、八塚の血を絶やすことだった。ご当主様だけでなく、きっと他の者たちも殺したのは――。

「やっぱり。螟には、この未来が視《み》えていたんですね。虫籠《むしこ》が燃えていなかったら。いまも神様がいたら、こんなことにはなりませんでした。……だから、螟は」

螟は、五年前に死ぬ必要があった、と言った。

虫籠とともに燃えることで、一族から神様を奪い、未来視を封じた。誰にも覚《さと》られることなく、一族を殺すための状況を作りあげた。

「そうだな。八番様がいないと、俺たちに未来視はできない。神無くしては、本当に無力だ。余所《よそ》の家と違って、うちの血筋は争いごとに向かない」

たとえば、一ノ瀬《いちのせ》や五十鈴《いすず》であれば話は違った。

一番と五十番の神は、戦神であり軍神だ。それらを始祖《しそ》とする者たちは、そもそも生き物として強く、その肉体だけでも価値がある。

だが、八番様。八塚の神は、未来に飛翔することしかできない。

蝶の姿をした彼女あるいは彼には、知性も理性もない。故に、余所の家からは、虫けらなどとも揶揄《やゆ》もされる。

未来視という力が、あまりにも人間にとって都合良く、宮中に取り入るのにうってつけだったから、神在《かみあり》のなかでも優遇されたに過ぎない。

「とはいえ、もう心配は要らない。虫籠の再建、数日のうちに終わる」

わたしは目を見張った。

「八番様が、戻られるのですか？」

「ああ。未来視が再開される。お前にとっては、都合が悪いか？　兄様の遺言は、もうお前を守ってくれない。あの未来視が、本当でも嘘でも、お前は殺される」

悪びれもなく、久弥様は事実だけを突きつけてきた。

わたしが死のうが、生きようが、どうでも良いのだろう。自分自身さえ、いくらでも代わりはいる、一族を繁栄《はんえい》させるための道具である、と言い切った人だ。

出来損ないのわたしは、道具にすらなれない。ただ、わたしの死が、一族の亡びに繋《つな》がるかもしれなかったから、生かされていただけだ。

「遺書でも用意するか？」

「いいえ。遺《のこ》す相手がいませんもの」

久弥様が殺されたのは、この数日後のことだった。虫籠の再建が終わる直前に、その命は絶たれた。

地下書庫に転がった遺体は、他の者たちと変わらず凄惨《せいさん》なものだったという。

5.

久弥様の死後も、一人、また一人と殺されていった。すすり泣く声が、怒鳴るような言葉が、館のあちらこちらで響くようになった。

誰が死んでも、代わりはいる。

誰もが一族を繁栄させるための歯車であり、未来を視るための道具でしかない。そうして繁栄してきた一族が、今になって揺らいでいる。

皆が、殺される恐怖に怯《おび》えている。けれども、虫籠に囚われてしまった蝶のように、誰ひとり逃げ出そうとしない。

彼らは知っているのだ。未来視だけが、八塚の命綱《いのちづな》であり誇りだ。それ以外の生き方を知らず、徒人《ただびと》となることを選べない。

(螟。あなたには、ぜんぶ視えていたのね。この未来が)

ご当主様は、螟のことを罪人と言った。あの優しい人が罪を犯したならば、わたしのような虫けらのためだった。

一族を殺しまわっているのは、やはり螟なのだろう。

八塚の一族は、このまま死に絶える。わたしの恋人は、虫籠が再建される前に、すべてを終わらせるはずだ。

きい、きい、と床が軋《きし》む音がした。ただ、不思議と足音は聞こえなかった。近づいてくる人は、正しく足のない幽霊であるのだ。

「みんな殺したの?」

螟は笑っていた。額から左目、頬《ほお》までを覆《おお》った赤黒い痕を引きつらせながら、嬉しそうに唇を綻《ほころ》ばせる。

「さようなら、紫織子」

淡雪のような白髪《はくはつ》が、廊下の闇に溶けていった。まるで、すべての役目を果たして、死者の国へと還るように。

また、わたしの手の届かない場所に行ってしまう。見えなくなった背中を追うために、わたしは部屋を飛び出した。

華やかだった八塚の館には、たくさんの死体が転がっていた。

（あれは、煙草《たばこ》を押しつけてきた人。あれは、わたしを冷たい池に落とした人。あれは、骨が折れるまで殴《なぐ》ってきた人……）

わたしを虫けらのように踏みにじってきた人たちが、虫けらのように死んでいる。彼らにとって祝福であった螟蛉《めいれい》――青虫の名を持つ男の手によって、息絶えていた。

やはり、ここは地獄だった。夥《おびただ》しいほどの血と、肉と、命を犠牲《ぎせい》にして保たれた、美しくも悍《おぞ》ましい箱庭だった。

わたしたちは地獄で生まれ、地獄で生きている。たとえ、この命が尽きたとしても、向かう先が優しい場所であるはずもない。

死んでしまった螟は、ここよりも惨《むご》たらしい地獄に還るのだろうか。

あの日のように、わたしを置き去りにして。

生まれたときから、わたしは何も持っていなかった。だからこそ、何も背負わなくても良い、何処《どこ》にでも飛び立つことができる、と螟は教えてくれた。

一族の亡びすらも、わたしに背負わせるつもりはないのだ。すべて忘れて、外の世界で幸せになることを祈ってくれるのだろう。

それでも、わたしは螟を独りにしたくなかった。


紫の花咲く美しい庭が、真っ赤な炎に呑《の》まれていた。

あの日のように燃えゆく花園に、螟は立っていた。五年前よりも大人びた顔をしているのに、五年前から少しも変わっていないようにも思えた。

「わたしのことは、殺してくれないの？」

八塚を亡ぼした男は、幼子のように首を傾《かし》げる。

「殺さないよ。僕の目的は果たされた」

「八塚を、あなたの家族を殺すこと？」

五年前の死すらも、螟にとっては織り込み済みだった。一族殺しは、ただの予定調和であり、帳尻合わせでしかない。

この未来は、すでに螟によって選び取られていた。確定した未来だった。

「あの人たちを、家族だと思ったことはないよ。……虫けらみたいに這《は》いつくばって、誰も彼も、死んでしまえば良い、と呪っていたんだ。物心ついたときから、僕の心は、この血を恨んでいたよ」

一族の誰よりも恵まれていた男が、そのようなことを言うのだ。

「生まれたくなかったの？　こんな家」

でも、ここに生まれなければ、わたしは螟と出逢《であ》うことはなかった。出来損ないであっても、同じ血が流れているからこそ、手の届かない人と結ばれることができた。

それだけで、すべて赦《ゆる》すことができた。そんなわたしは、間違っているのか。

「神様なんて、在ってはならないんだ。八塚の者たちは《神無《かみなし》》を見下す。でも、本当に見下されるべきは八塚の方だよ。自分の力では何一つできない、虫けらのくせに。神様の力を利用して、甘い蜜だけ啜《すす》って、平気で他人を踏みつけてきた」

今までの報いを受けただけ、と螟は笑った。

「僕の大事な、君だって。虫けらたちから、虫けらみたいに踏みにじられてきた」

螟は、きっと優しすぎた。だから、何もかも持っていたくせに、わたしのような出来損ないを放っておけなかった。

憐《あわ》れんで、愛してしまった。

虫けらを虫けらとして、見捨てることのできる人であったならば、螟は八塚の当主となり、今も役目を果たしていた。

わたしと出逢ったことが、螟をこの結末に導いてしまった。わたしのせいで、螟が死んだ。わたしが螟を殺したも同然だった。

「どれだけ踏みにじられても、良かったの。だって、螟が抱き起こしてくれたから。本当よ。痛くても、ちゃんと耐えることができたの」

「それは、君が外の世界を知らないからだよ」

「わたしも虫けらよ。外の世界でなんて、生きていくことはできない。ううん、生きていたくないの。だから、あなたが迎えに来てくれたことが嬉しかった。……ずっと、迎えに来てほしかったの。あなたと一緒に燃えてしまいたかったの」

目を瞑《つむ》れば、燃える虫籠《むしこ》がよみがえった。

五年前、わたしを置き去りにして燃えた、あなたの亡骸《なきがら》を思い出してしまうのだ。瞼《まぶた》の裏に焼きついて、決して消えることのなかった最期を思う。

蝶のように美しかった人は、炎のなか手足をもがれて、青虫のように死んだ。

そう思ったとき、頭の奥で、見知らぬ記憶が弾けた。

違う。物言わぬ骸《むくろ》となった彼は、白布に転がされていた。亡骸に触れることすら、わたしは許されなかった。

（ああ、そうだった。虫籠の炎から、螟が手を伸ばしていた、あの記憶は。あれは本当のことではなかったのね。だって、わたしは螟の死に目にさえ、間に合わなかった）

すべて燃え尽きて、黒焦げになった遺体を遠目にしただけだった。

あの記憶は、わたしの願望だった。一緒に死ぬことができなかったから、せめて、彼が死ぬ場所にいたかった、という幻想だ。

螟が死んでから、わたしはおかしくなっていたのだ。彼のいなくなった地獄で、どうして正気でいられるのだろうか。

わたしが、この地獄で笑っていられたのは、螟が生きていた頃だけだった。

「君を幸せにするために、君を道連れにするわけにはいかない」

きっと、そんな言葉が返ってくると分かっていた。

わたしを道連れにするつもりだったならば、五年前、炎のなかに連れていってくれたはずだ。

そうしなかった螟は、ぜんぶ背負って、独りで死ぬつもりだった。五年前も、今も、この地獄を壊して、この地獄と一緒に死に果てるつもりなのだ。

「螟のいない此《こ》の世で、どうして、わたしが幸せになれるの？　あなたのいない場所は、ぜんぶ地獄なのに」

手を伸ばして、螟の頬を撫《な》でる。

炎に舐《な》められたかのような痕が、顔の左半分を覆っている。染みひとつなく、白く、透きとおるような膚《はだ》をした螟はもういない。

一族の者が生きていたならば、かつて美しいと褒《ほ》めたたえた口で、その痕を醜《みにく》い、と罵《ののし》るだろう。

けれども、わたしは、ちっとも醜いと思わなかった。

「いいえ、違うの。あなたと一緒にいる場所が、地獄でも。わたし、螟がいるのなら、地獄でだって幸せになれるのよ」

踊るように、彼の胸に飛び込んだ。

「燃えてしまうよ、何もかも。何も遺《のこ》らない」

「遺る必要があるの？」

「……僕は、君が幸せでいてくれるなら、それで良かったから」

「嘘つき」

責めるように、詰《なじ》るように告げると、螟の心臓がひとつ跳ねた。五年前に止まったはずの音に、どうしようもなく胸が躍った。

嘘つき。この虫籠が美しかった頃、約束したでしょう。

わたしとあなたは、ずっと一緒だ。

その約束を喜んでいたあなたが、どうして、わたしだけが地獄から抜けることを喜ぶのだろうか。

言葉では拒《こば》んでも、あなたもわたしと心中することを望んでいるはずだ。

「紫織子。僕は」

甘えるように、螟の胸に頰をすり寄せる。これ以上の言葉は、もう無粋《ぶすい》だ。わたしの気持ちは、五年前から変わらない。

紫の花咲く箱庭は、炎に呑まれていく。ひらり、ひらり、花々を移ろう火の粉は、まるで蝶の鱗粉《りんぷん》のようだった。わたしには見ることのできない神様が、今ここで羽ばたいているのかもしれない。

そこまで考えて、わたしは首を横に振った。

わたしの神様は、八番目におわす未来視の蝶ではない。ここにいる、この男こそが、わたしの神であり美しい蝶なのだ。

「螟。わたしの神さま。今度こそ連れていって」

わたしの美しい、蝶々さま。

わたしには、この人の地獄を視《み》ることはできない。けれども、一緒に地獄に落ちてあげることはできるのだ。

「わたしたち、ずうっと一緒よ」

愛《いと》しい人に抱かれて、燃え尽きることができるならば。

それは地を這うばかりの虫けらには過ぎた、なんて幸せな心中だろうか。

青虫地獄

それは悍《おぞ》ましい、恋の話。

1.

月の美しい、夏の夜のことだった。

あたり一面、しっとり濡れたような紫の花が咲く。甘い蜜を垂らした花々は、鬱蒼《うっそう》とした木々に囲われ、閉ざされた庭で揺れている。

紫の花が染めゆく庭は、正しく虫籠《むしこ》だった。

遠い未来まで飛翔するという、蝶の姿をした神を留めるための籠《かご》だ。

八番目に産まれた神様。未来視の蝶。

自分の生まれた八塚《やつか》一族は、そんな神の末裔《まつえい》だった。今もなお先祖たる神を所有し、その視界を盗み見ることで、限定的な未来視を可能としている。

未来視によって権力を握り、古くから国の中枢《ちゅうすう》に根差してきた占者の一族だ。

「螟《めい》には見えるの？　神様が」

柔《やわ》く、甘ったるい声で、名前を呼ばれた。

夜に溶ける黒髪に、青ざめた膚《はだ》をした少女だ。美しい顔をしているが、青痣《あおあざ》や切り傷、あちらこちらに残った暴力の痕のせいか、憐《あわ》れみが勝ってしまう。

紫織子《しおりこ》。従妹《いとこ》であり、目に入れても痛くないほど可愛《かわい》い恋人は、わたしにも神様が見えたら良かったのに、と羨《うらや》むのだ。

八塚螟。それが自分に与えられた名前だった。

螟蛉《めいれい》――青虫を意味する言葉から取られた名である。一族の次期当主として、神の血を継ぐ幼生《こども》として、誰よりも多くの未来を視《み》ることを強《し》いられている。

（だが、蝶の子どもは、蝶ではなく青虫だ。俺には翅《はね》がない。何処《どこ》にも飛び立つことができぬまま、いつか虫けらのように踏みにじられてゆく）

求められているのは、未来を視る眼だけだった。螟という男の意志も、想いも、何一つ尊重されることはない。

「俺は、紫織子に神様が見えなくて良かった。お前に力がないことを嬉しく思う」

「どうして？」

「何も持っていない。つまり、何も背負わなくて良い、ということだ。お前は何処にだって、飛んでいくことができる。俺と違って」

一族の娘でありながら、彼女は未来視の眼を持たない。それ故に虐《しいた》げられているが、すべては一族で生きる場合の話だった。

外の世界に飛び立てば、いくらでも幸せになれる。出来損ないだからこそ、彼女は血に囚われる必要はない。

「わたし、何処にも行かないわ。何処へ行くの？　あなたを置いて。わたしには、あなたが視ている未来が視えない。なんにも分からない。でもね、螟」

とっておきの宝物について語るように、彼女は唇を震わせる。月明かりの下、きらきら輝く紫の瞳は、螟だけを一途《いちず》に映していた。

「何も視えない、わたしだって。あなたと一緒に死ぬことはできるのよ」

あまりにも都合の良い言葉だったので、一瞬、螟は夢を見ていると思った。何処にでも飛び立つことのできる少女が、螟のために、自らの翅を毟《むし》り取ろうとしている。

「……俺と死んでくれるのか」

「あなたが何処にも行けないのなら、わたしもここにいる」

「ここが地獄でも？」

あたりを染めゆく紫の花々は美しいが、同時に悍ましさも覚えてしまう。花咲く庭に神を留めるため、八塚の一族は血で血を洗うような悪逆非道を行ってきた。

未来とは、無数に枝分かれし、幾重にも広がるものだ。

未来を視ることは、すなわち未来を選ぶことだった。一族にとって都合の良い未来を選んでは、それ以外の未来を潰してきた。数多《あまた》の未来を盗み見ては、数多の命を見殺して、数えきれぬほどの屍《しかばね》を積み上げてきたのだ。

ここは地獄だった。夥《おびただ》しいほどの血と、肉と、命を犠牲《ぎせい》にして保たれた、美しくも悍ましい箱庭だった。

螟は、この血塗られた箱庭から逃れられない。この命が続く限り、一族を繁栄《はんえい》させるための道具の一つとして消費されていく。

そんな男に、少女は一緒に死んであげる、と囁《ささや》く。他の誰でもない、螟という一人の男の手をとって、心中してくれるのだ。

「あなたとなら、幸せな地獄になるわ」

螟のいる地獄で、紫織子は微笑《ほほえ》んだ。

恐る恐る、彼女の頬《ほお》に手をあてる。掌《てのひら》に伝わった温もりに、泣きたくなるような愛《いと》しさが込みあげた。

従兄《いとこ》としても、ひとりの男としても、紫織子を好んでいた。いつかの未来で、外の世界に飛び立って、幸せになってくれることを祈っていた。たとえ、隣に自分がいなくとも、紫織子が笑ってくれるならば良かったのだ。

だが、いまは違う。手放したくない。誰にも渡したくなかった。外の世界で幸せになってほしいなんて綺麗事《きれいごと》は、死んでも口にできない。

蜈は笑って、愛する少女に口づける。

「なら、約束しよう。死ぬときは一緒だ」


その約束が叶うならば、何を犠牲にしても良かった。

たとえ、すべて燃え尽きる未来に辿《たど》りつくとしても、ひと匙《さじ》の哀しみだってなかったのだ。


瞼《まぶた》の裏で、頭の奥で、ぱち、ぱち、と炎が爆《は》ぜる。

熱さはなかった。自分の輪郭《りんかく》が崩れて、虚空《こくう》に融《と》けてゆくようだ。いやに開けた視界だけが、唯一、確かなものだった。

幾百、幾千回と繰り返してきた感覚に、これは蜈自身ではなく、神の視界だと気づく。

蝶の姿をした神が飛び立った先——いつか訪れるかもしれない未来を視ている。

紫の花が染めゆく庭は、赤い炎に包まれていた。神のための虫籠は、実に呆気《あっけ》なく、燃えさかる炎に呑《の》まれていく。

火の粉が舞うなか、抱きあう男女がいた。

淡雪のような白髪《はくはつ》をした男に、瘦《や》せがれた黒髪の少女。灼熱《しゃくねつ》の炎に囲まれてもなお、二人は幸せそうだった。

（そうか。俺の望んだ未来、俺が選び取りたい未来は、ここに在った。この未来を手に入れるために、俺の命は尽きるのだ）

螟蛉《めいれい》とは、蝶の子ども、青虫を意味する言葉。

そんな名前を与えられた男だから、美しい蝶に成ることもできない。逃れることのできない地獄で、虫けらのように死にゆく。

だが、青虫で何が悪いのだろうか。

愛しい少女が、螟のために心中してくれる。これが彼女の最期ならば、この未来を手に入れることができるならば、醜《みにく》い青虫のままで良かった。

いつか辿りつく未来で、彼女は螟だけを想い、螟のために燃え尽きるのだ。

それはきっと、地を這《は》うばかりの虫けらには過ぎた、このうえなく幸福な地獄だった。

2.

薄暗い屋根裏部屋から、神様のための虫籠を見下ろした。

紫の花々に囲まれて、ふたつの影があった。

一人は、みすぼらしい小袖《こそで》を纏《まと》っていながらも、ひどく可憐《かれん》な少女であった。

長く伸ばした黒髪は、ろくな手入れもできないだろうに、射干玉《ぬばたま》の輝きを持っている。炎天下でも外に出され、働き通しの少女だというのに、肌も恐ろしいほど白かった。青痣や擦り傷、暴力の痕さえなければ、深窓《しんそう》の令嬢にも引けをとらない。

(綺麗。あの子がいちばん。どんな女の子よりも、いっとう綺麗だ)

触れたくて、宙に手を伸ばした。けれども、どうせ届かない、と諦めてしまう。彼女の隣にいることを許されたのは、自分ではなかった。

「螟」

赤く熟れた、木苺《きいちご》みたいな愛らしい唇が、その名を呼ぶ。声は聞こえなくとも、彼女が何を言っているのか、口元だけで読むことができた。

(どうして、僕の名前ではないんだろう?)

死ぬときは一緒。

そんな約束をして、世界でいちばん幸福な恋人たちは口づけを交わした。誰も立ち入ることのできない二人を最後に、景色は移り変わった。

鳥たちの鳴き声が、まばゆい朝を告げる。

瞼を開いて、窓辺に寄りかかっていた身体《からだ》を起こした。ぐるりと頭を回転させれば、住み慣れた屋根裏部屋が広がっている。

外を眺めているうちに、いつのまにか眠っていたらしい。先ほど夢に見たのは、自分の妄想ではなく、眠るまで眺めていた光景だった。

（最悪。夢にまで見るなんて）

幸せな恋人たちの姿を振り払って、老婆《ろうば》のような白髪を紐で括《くく》る。そのまま水を張った桶《おけ》に手ぬぐいを浸したとき、思わず舌打ちをしてしまった。

水面《みなも》が鏡となって、醜く歪んだ顔が映っている。

顔の左半分を覆《おお》っているのは、火傷《やけど》のような赤黒い痣だ。引きつり、爛《ただ》れにも似た凹凸《おうとつ》のある痣は、双子の兄とそっくりの容貌《ようぼう》を、まったく違う印象にさせた。

手ぬぐいで乱暴に顔を拭いて、あちこちに紙が散らばった文机《ふづくえ》に移動する。

いつものように、硯《すずり》に墨《すみ》を磨《す》っていく。

物心ついたときから使っている硯は、付着した墨の塊《かたまり》で、ところどころ隆起していた。この建物に幽閉《ゆうへい》されてから、十数年もの歳月が流れたのだ。

ここは八塚の本邸ではなく、一族が視《み》てきた未来を蓄積し、編纂《へんさん》するための場だ。

一族の者は《先見秘録《せんけんひろく》》と呼ぶ。建物の名であり、収められた幾千、幾万の未来視にまつわる記録を指す名前だった。

ふと、足音に気づいた。双子の兄のものだった。本人の気性と似て、乱れることなく、とん、とん、と一定の間隔をとっている。

「おはよう。蛉《れい》」

八塚蛉。それが、この身に与えられた名前だった。

次期当主の双子の弟。ただし、表向きには存在しないことになっている。

蛉のことを知っているのは、一族でも一握りだった。異父弟妹たちにすら、蛉の生まれは隠されている。

「いらっしゃい。お兄様」

わざとらしく兄と呼べば、美しい男は眉《まゆ》を曇らせた。

艶《つや》やかな白髪に、曇りなき金の双眸《そうぼう》。色白で染《し》みひとつない肌は、外《と》つ国《くに》から伝わった陶磁《とうじ》人形を思わせる。襤褸《ぼろ》を引っかけた蛉とは違って、仕立ての良い詰襟《つめえり》の上着を纏っているので、なおのこと。

螟《めい》。同じ胎《はら》から生まれた双子の兄だった。

「お前、また辛気《しんき》くさい顔をして」

兄はおおげさに肩を落としてみせる。そんな仕草のときでさえ、穏やかな笑顔を崩さないのだから、あいかわらず面《つら》の皮が厚い。

誰も彼も、兄のことを聖人君子《せいじんくんし》、天真爛漫《てんしんらんまん》と評価する。

そういった側面も間違いではない。優しい兄は、いつだって弱者に手を差し伸べる。醜く、未来視の眼を持たない双子の弟や、同じように無力で、虐《しいた》げられてばかりの恋人――紫織子にも心を砕《くだ》いている。

ただ、優しくて誠実な面だけが、兄の本質ではなかった。

血塗られた一族に生まれ、その血を色濃く継いだ男が、穏やかに微笑むだけの聖人であるものか。こんな場所で笑っていられることこそ、ある種、兄が異常である証《あかし》だ。

「辛気くさい？　君も同じ顔をしているけれど」

「顔のつくりの話ではない。お前、雰囲気《ふんいき》が暗いんだ。にこっとしろ。愛想よく、な。そうしたら、俺とそっくりだ」

笑い方など、とうの昔に忘れた。日の当たる世界を生きている、お綺麗な兄とは違うのだ。自分は醜い青虫で、青虫のまま日陰で息をするしかない。

「君とそっくりなら、こんな痣《あざ》、要らなかったよ」

生まれつき、蛉の顔には火傷のような痣がある。灼熱の炎に舐《な》められたかのような痣は、額から目元、頬にかけて、顔の左半分を覆っていた。

化け物。そう言って、双子を取りあげた産婆《さんば》は、蛉を殺そうとしたという。

しかし、双子の兄のおかげで生かされた。蛉は出来損ないだが、兄が特別な子どもであり、いずれ一族を背負う未来があることを、一族の人間は知っていたのだ。

一族が兄を利用するための人質か。あるいは蛉が生きていることで、一族に都合の良い未来を選ぶことができるのか。

いずれにせよ、蛉は兄のおまけとして生かされ、幽閉されている。

「蛉。俺は、お前がそうであって良かったと思う。その痣《あざ》も、未来視の眼を持たずに生まれたことも、神の思《おぼ》し召しだろう」

「嫌みにしか聞こえないよ」

「本心だ。お前は何も持っていないから、何も背負わなくても許される」

疵《きず》のない容姿、誰よりも優れた未来視の眼。すべてを持って生まれた男が、まるで羨《うらや》むように言うのだから、堪《たま》ったものではなかった。

「そう。なら、ぜんぶ持っているお兄様には、一族のために仕事をしてもらわないと。だから、僕のところに来たんでしょう?」

下ろし立ての筆をとって、墨を馴染《なじ》ませる。物心ついたときから、何百本もの筆を使い潰してきたせいか、どんな筆でも歴戦の相棒のようにしっくりくる。

「教えてよ。君の視た未来を」

蛉の役目は、兄の視た未来を書き記すことだ。

本来であれば、未来視を書き記すことは当人の役目である。しかし、兄は昔から、蛉に任せきりだった。

だから、蛉は未来視の眼を持たないものの、兄の視た未来を知っている。無数に枝分かれし、幾重にも広がる未来を把握《はあく》していた。

それどころか、兄は次期当主の仕事である未来視の編纂も、蛉に手伝わせている。

ここは《先見秘録》の名のとおり、一族の者たちが視てきた未来の記録が収められている。それらを編纂し、管理する重要な役目さえ、半ば蛉に投げているのだ。

「今日は違う。仕事ではない」

「はあ？　だって、昨夜も虫籠《むしこ》に……」

言いかけて、蛉は気づく。昨夜、兄が虫籠にいたのは、未来を視るためではない。表立って会うことはできない恋人と、逢瀬《おうせ》を重ねるためだった。

「なんだ、覗《のぞ》き見か？」

「窓辺で涼んでいたら、見えてしまっただけだよ」

嘘だった。二人が虫籠にいるから、目を逸《そ》らすことができなかったのだ。

「紫織子から手紙を預かっている。返事を書いてくれるか？」

兄は懐《ふところ》から、愛らしいレターセットを出した。巷《ちまた》の女学生たちの間で流行《はや》っているらしく、兄が選んで、こっそり紫織子に持たせているものだ。

その手紙は、幽閉される蛉を憐《あわ》れんで、兄が用意した外部とのつながりだった。

双子の兄の振りをして、蛉は彼女と文通している。何年もずっと、それこそ紫織子と兄が恋人となる前から、何百通と交わしていた。

兄の手から、ひったくるように手紙をとった。綴《つづ》られた文字は、お世辞《せじ》にも綺麗《きれい》とは言えなかった。幼い子どもの方が、まだ上手《じょうず》な字をしている。

だが、蛉にとっては、何よりも綺麗な文字だった。紫織子が書いたと思うだけで、此《こ》の世の何よりも価値がある。

「せっかちだな。俺も読んでいないのに」

「返事をするのは僕だよ。べつに読まなくても良いでしょう？」

「恋人からの手紙だ。読まないと、俺が話を合わせられない」

恋人。その言葉に、針を刺されたように胸が痛んだ。

「返事。自分で書くつもりはないの？」

「今さら無理だ。あまりにも字が違うだろう？　お前と違って、俺は悪筆だからな。弟妹からも、お兄様は字が汚い、と言われるくらいだぞ」

「なら、代筆するよ。君の言葉を、僕が書くんだ。未来視と同じようにね」

「ダメだな。文字には心が映るから、きっとバレてしまう。お前の書いた文字は、俺の言葉にはならない。お前の言葉だから、あの子を喜ばせて、幸福にできる」

蛉は目を伏せて、遣《や》る瀬《せ》無《な》さを堪えた。

兄は嘘つきだ。どんな言葉を書き連ねても、紫織子にとっては、すべて兄の言葉なのだ。兄の名前を騙《かた》り、兄の振りをして書いているのだから、当然だった。

真綿で首を絞《し》められたかのような、息苦しさがあった。

未来視を記すことも、紫織子に手紙を書くことも、最初は喜んで取り組んでいた。兄の役に立てるのならば、不遇な従妹《いとこ》の慰めとなれるならば、とも思っていた。

だが、献身的な想いは、いつしか濁《にご》りはじめた。蛉が文字に託した想いは、蛉の言葉として、彼女に届くことはないのだ。

「紫織子は、君からの手紙だと信じているから、喜ぶんだよ。だから、こんな手紙になんか頼らないで。君自身が、幸せにしてあげてよ」

自分たちの従妹にあたる彼女は、一族から出奔《しゅっぽん》した男の娘だった。

八塚の血が外に出ることを嫌って、一族は紫織子の父を殺した。母親は目こぼしされたが、紫織子は無理やり八塚に連れてこられた。

未来視の眼を期待されて、引きとられたのだ。

ただ、蓋《ふた》を開けてみれば、紫織子は蛉と同じ出来損《できそこ》ないだった。未来視の眼を持てなかった彼女は、以来、一族の者たちによって虐げられている。

ずっと蛉は祈っていた。虫けらのように踏みにじられる彼女が、いつか幸せになってくれることを。

「ああ。必ず、あの子が幸せになる未来を選ぶ」

微笑《ほほえ》む兄は、おそらく永遠に気づかない。

蛉が、紫織子に恋をしていることを。

彼女との手紙も、幽閉《ゆうへい》される弟に友人を作ってやった、くらいの気持ちだろう。

この男は、蛉のことを同じ人間と思っていない。地を這《は》う虫けらを憐れんで、愛情を注いだとしても、対等な存在として認めることはない。

だから、蛉が紫織子に恋をするなんて想像もしない。

恵まれているが故に傲慢《ごうまん》で、純粋な善意をもって、蛉のような弱者を踏みつける。兄が慈悲《じひ》深く、誠実であればあるほど、自分の醜さが浮き彫りになった。

「絶対だよ。紫織子の幸せになる未来を、ちゃんと選んでね」

月明かりの照らす虫籠で、ふたり並んだ恋人がいた。彼らは蝶番《ちょうつがい》のように寄り添って、たったひとつ約束を交わしていた。

——死ぬときは一緒。

あのときの二人は、此の世で最も幸福で、最も祝福された恋人だった。

だが、蛉には分からない。心中のような約束が、紫織子を幸せにしてくれるのか。

(あの子には、日の当たる世界が似合う。こんな悍《おぞ》ましい家など捨てて、外の世界に飛び立ってくれたら良いのに)

太陽の下で笑ってくれたら、芽吹《めぶ》いてしまった恋心を捨てることができる。蛉には届かぬ世界で幸せになってくれたら、何もかも報われる気がした。

「紫織子が死ぬ」

しかし、数日後、兄が告げたのは残酷《ざんこく》な未来だった。

3.

薄暗い屋根裏部屋は、今日も変わらない。墨《すみ》の香りに包まれながら、蛉は窓辺にぐったり寄りかかった。

夏の夜風が、そっと頬《ほお》を撫《な》でる。

窓の外には、紫の花咲く庭があった。鬱蒼《うっそう》とした木々に囲われ、閉ざされた場所は、八塚の先祖である神様を留めるための虫籠だ。

花々の合間には、蜜を求めて、美しい蝶が飛んでいるのだろう。

しっとり濡れたような花々は、その蜜をもって、蝶の姿をした神を繫《つな》ぎとめているのだ。花が咲くから、一族は神を所有し、未来を視《み》ることができる。

今宵《こよい》、虫籠に立っている兄のように、未来まで飛翔する神の視界を盗み見るのだ。

未来視を行っている兄を見ると、いつも惨《みじ》めな気持ちになる。未来どころか、神の姿さえも見ることはできない無力さを思い知らされる。

兄から目を逸《そ》らしたとき、ふと、視界に真っ白なものが映った。

雪のように白く、繭《まゆ》のように小さなサナギが、窓枠《まどわく》に張りついていた。

少しずつ羽化しており、淡く透きとおった翅《はね》の兆《きざ》しがあった。やがて、ガラス細工《ざいく》のような翅を広げる姿が、ありありと想像できる。

地を這うばかりの青虫は、閉ざされたサナギを経て、美しい蝶に成るのだ。はじまりは醜くとも、やがて羽化することを定められた生き物だった。

（僕も、蝶の姿をした神様の子どもだ。同じ青虫だったのに）

何処《どこ》にも行けない蛉と違って、サナギは蝶と成り、飛び立ってゆく。

窓枠のサナギを無理やり引きはがした。紙の散らばった文机《ふづくえ》に転がして、いつも使っているペーパーナイフを握りしめる。

振りあげて、サナギに勢いよく突き立てた。

瞬間、どろり、としたものが溢《あふ》れて、文机を汚した。

サナギの中にいるのは、青虫そのものと思っていた。だが、想像していた青虫はおらず、どろどろに融けて、液状になった何かが溢れる。

蛉は覚《さと》った。美しい蝶に成るためには、一度、融けてしまわなくてはならないのだ。

（僕も、こんな風に融けてしまうことができたら、美しい蝶に成れるのかな？　兄のように、あの子の隣で生きて、死ぬことができるのかな）

紫織子から貰《もら》った、たくさんの手紙が浮かぶ。

『庭の梅が咲いたの。一緒に見てくれたら嬉しい』

知っている。紅い梅の花を摘《つ》んで、押し花の栞《しおり》を作ってくれた。今でも大切に使わせてもらっている。

『夜は、まだ冷えるみたい。風邪《かぜ》など引かれませんように』

彼女が心配してくれたから、体調を崩さないよう気をつけた。

書かれている言葉は、いつも些細《ささい》なことだ。ただ、その些細な日常に救われている自分がいたのだ。

蛉には許されることのなかった場所で、紫織子は生きている。

一族から虐《しいた》げられているとしても、蛉のように閉じ込められているわけではない。彼女ならば、いつか一族から逃れて、外の世界に飛んでいくこともできるだろう。

「紫織子」

名を呼んで、想像してみる。

叶わぬ夢だが、外の世界で、紫織子の恋人になれる夢を。

射干玉《ぬばたま》の美しい髪に似合う、絹のリボンを贈ってあげたい。くたびれた襤褸《ぼろ》ではなく、華やかな振袖《ふりそで》やドレスが似合うだろう。

その隣を自分が歩くことができたら、どれほど幸せだろうか。

(どうしたら、君を抱きしめることができるのかな。君の隣にいても、許される未来があったのかな)

目の奥が熱くなって、蛉は自嘲《じちょう》した。分かっている。現実は残酷なばかりで、夢見たところで叶いはしない。

震える指で、紫織子が一生懸命書いてくれた手紙を開く。

彼女からの手紙は、いつだって『螟へ』という宛名《あてな》で始まる。

紫織子は、自分の恋人が双子であることを知らない。存在を隠され、幽閉された蛉のことなど、生涯《しょうがい》、知る由《よし》もない。

想いを乗せて、心を通わせたつもりになっていた手紙とて。

あの子が喜んでくれるのは、恋人からの手紙と思い込んでいるからだ。蛉と紫織子には、特別な繋がりは一つもなかった。

何一つないと思い知る度《たび》に、くう、くう、と腹が空《す》く。寂しくて、惨めで、どうしようもなく飢えてしまう。

「残酷なことをする」

ゆっくりと顔をあげれば、いつのまにか兄の姿があった。憐《あわ》れなサナギを指差して、兄は肩を竦《すく》める。

「慣れているでしょう？　こんなもの」

割り開かれたサナギなどよりも、ずっと残酷なものを目にしてきたはずだ。兄が視《み》てきた未来は、陰惨《いんさん》で、悍ましいものも多かった。

「慣れていても、気分が悪い。可哀《かわい》そうに」

兄は息絶えたサナギを、そっと和紙で包んでやる。

「お優しいことで。……虫籠《むしこ》で未来を視てきたんでしょう？　お仕事の時間だ」

兄の未来視は、ほとんど毎日のように行われる。

他の者たちは、神の視界を盗み見るといっても、そう頻繁《ひんぱん》に行うことはできない。彼らが劣っているのではなく、あまりにも兄が優れているのだ。

誰よりも多く、誰よりも長く未来を視ている兄は、やはり特別な子どもだった。

「三年後、帝《みかど》が変わる」

硯《すずり》に筆を滑らせ、紙に文字を綴《つづ》りながら、蛉は思い出した。

「そういえば、ずいぶん御高齢らしいね」

今上帝《きんじようてい》、此《こ》の国で最も尊《とうと》い御方は、もうすぐ七十にも届く。若くして即位しているので、在位期間も恐ろしいほど長かった。

「天寿《てんじゆ》を全《まつと》うされるのではなく、末の皇子様に殺される。そのまま即位して、しばらく彼の時代になる」

「そうなってくれた方が、八塚にとっては都合が良いんだね」

たとえば、帝が殺される未来を奏上《そうじよう》する。そうしたら、殺されるのは帝ではなく、末の皇子になるだろう。

だが、八塚は帝が殺される未来を隠すつもりなのだ。末の皇子が即位した方が、八塚にとって有益になるのだろう。

「八塚というより、神在《かみあり》にとって都合が良い」

神在。すなわち、神の在《あ》る一族だ。

はるか昔、国生みのとき、此の国では一番から百番までの神が産声《うぶごえ》をあげた。その一柱、一柱を始祖《しそ》とし、いまだ所有している一族は、特権階級として遇される。

神の血を継いで、神の力を振るっている家は、八塚だけではなかった。

「ああ。今上帝は、お家潰しに躍起《やっき》になっていらっしゃるんだっけ」

「あの御方は、神在を厭《いと》っておられるからな。八塚にとっても対岸の火事ではない」

「こんな家、取り潰された方が良いと思うけどね。それで？　帝のこと以外にも、記すべき未来はあるんでしょう？」

兄は口元に指をあてた。いつも微笑《ほほえ》んでいる彼にしては珍しく、迷っているような、ためらっているような顔だ。

「ここからは独り言になるから、記さないでほしい。一族に知られると困る。俺と、お前だけの秘密にしてくれ」

「君だけが知っているのでは、ダメなの？」

一族の者たちに隠した未来を、どうして出来損ないの蛉とだけ共有するのか。

「紫織子が死ぬ」兄が何を言っているのか、すぐには理解できなかった。彼女が死ぬ未来など、想像したこともなかったのだ。

なにせ、紫織子の恋人――兄は、当代で最も優れた未来視だ。

彼ならば、未来に広がった、ありとあらゆる危険を回避できる。自分の命だけでなく、紫織子の命も損なわせない。

そうであるはずだったのに、前提が崩れてしまった。

「死なせるな！」

叫ぶ声は、想像していた何倍も大きかった。心臓が早鐘を打つ。激情を抑え込んで、射貫《いぬ》くように兄を見つめた。

「お前なら、そう言ってくれると思った。他の者たちは、あの子の命など切り捨てるだろうから。……どうして、紫織子が死ぬと思う？」

「そこまでは視えなかったの？　君ほど優れた未来視でも」

「黒焦げになる」

黒焦げ。つまり、焼死体であったのだ。

「誰かが火をつけたの？　それとも、事故？」

悪意あっての放火か、あるいは偶然の火事か。それによって、紫織子の死を防ぐための手立てが変わってくる。

「放火だ。あれは虫籠だったから」

神の棲《す》まう庭には、万が一のことが起こらぬよう、火の元は存在しない。

虫籠を燃やすために、火を放つ人間がいる。その者によって、紫織子は黒焦げの遺体となってしまう。

「神様のいる庭に火をつけるなんて、正気じゃないよ。この家に生まれた人間は、誰も彼も、神様がいないと何もできないんだから」

神を所有し、未来を視ることが、八塚に生まれた者の命綱《いのちづな》であり、誇りなのだ。それ以外の生き方を知らず、神を失くせば、待ち構えているのは破滅だ。

「お前の言うとおり。虫籠に火をつけるなんて、一族の連中ならしない」

続くはずの言葉を、兄は濁《にご》してしまった。虫籠に火をつけるであろう犯人について、思い当たる節がないのだろう。

「君は未来視を続けて。僕は書庫の記録を探すよ。未来は枝分かれしている。彼女が生きる未来だって、何処かに在るはずだ」

「……ああ」

「しっかりしてよ。僕だって、紫織子に死んでほしくない。あの子には、幸せになってほしいんだ」

「お前も、紫織子の幸福を祈ってくれるのか？」

「当たり前でしょう？　僕にとっても、大事な従妹《いとこ》だよ。二人で、あの子が生きる未来を選び取ろう」

心ここに有らずの兄を励《はげ》まして、蛉は地下書庫に向かった。

この建物が《先見秘録》と呼ばれるのは、名前どおりの記録が在るからだ。

八塚の者たちが視てきた、たくさんの未来が保管されている。過ぎ去った時代の出来事も含めれば、幾千、幾万という数の未来視が記録されているのだ。

過去に選ばれた、そして先々で選ばれる未来も。

過去に選ばれなかった、そして先々で選ばれることのない未来も。

無論、八塚とて、すべての未来を記録できているわけではない。膨大《ぼうだい》な記録も、無数に枝分かれし、数多《あまた》に広がる未来の一部でしかない。

だが、もしかしたら、紫織子が生きる未来が記されているかもしれない。

目を伏せれば、瞼《まぶた》の裏には、紫織子から貰《もら》った手紙が浮かぶ。拙《つたな》くとも、一生懸命に綴《つづ》られた言葉が、繰り返し、繰り返しよみがえる。

遠くからしか、見たことのない女の子だった。顔を合わせたことは一度もなく、彼女は蛉の存在を知らない。

手紙の相手とて、兄と信じ切っているから、心を預けてくれるのだ。

あの優しくて、甘くて、可愛《かわい》い言葉のすべては、蛉に与えられたものではない。恋人である兄のために綴られた言葉と分かっている。

分かっていながらも、あの子が好きだった。あの子に救われてしまった。

(僕が、君を幸せにしてあげたい)

生まれたときから、ずっと兄のことが羨《うらや》ましくて、妬《ねた》ましかった。

醜《みにく》い青虫のまま、羽化することもできず死にたくなかった。蝶のように美しい兄に成りたかった。

だが、それは紫織子の幸福に優先されることではない。

たとえ、幸せになる二人を、指を咥《くわ》えて見ていることしかできなくとも。

紫織子が笑ってくれるのならば、兄の隣で幸せに笑う未来があるのならば、そんな未来を選ぶべきなのだ。

けれども、くう、くう、と腹が空《す》く。どうしようもなく飢えて、どうしようもなく寂しくて、寒くて仕方がなかった。

そんな想いに気づかぬふりをして、蛉は未来視の記録を漁《あさ》りはじめた。

4.

雲ひとつない夜空に、弓なりの月が浮かんでいた。

虫籠の花を踏みつぶしながら、蛉は奥へ、奥へと手を引かれた。

甘ったるい花蜜の匂《にお》いに混じって、何処《どこ》か背徳的で、くらくらとする香りがした。もしかしたら、神様の匂いなのかもしれない。

「待って！　ねえ、良かったの？　僕を連れ出して」

屋根裏部屋に兄が現れたのは、夜更けのことだった。未来視の記録を紐解いていた蛉を、ついてきてほしい、という一言で連れ出したのだ。

幽閉《ゆうへい》されてから、ずっと外に出たいと思っていた。だが、いざ外に出るとなったとき、心細くて、途方に暮れてしまった。

蛉はそっと、胸元に手をあてる。

だから、連れ出されるとき、文机《ふづくえ》にあったペーパーナイフを懐《ふところ》に入れた。せめて、いつも傍に置いている道具を持って、不安を消したかった。

兄は足を止めると、首を横に振った。

「ダメだ。御当主様は許さない。お前を出してはいけない、と子どもの頃から口酸《くちず》っぱく言われている。あの場所に、お前がいることに意味があったから」

蛉はゆっくりと瞬きをした。

「意味があったの？」

「あった。お前が閉じ込められていることで、救われた命も、切り捨てられた命もある。お前が知らなくとも」

「……そんなの、僕には関係ないよ」

「蛉？」

「君たちって、いつもそう。未来が視《み》えるからって、人の心も、命も、好き勝手に弄《もてあそ》ぶんだ。……僕は、あんなところに閉じ込められたくなかった。意味があるのだとしても、そんな意味、僕は要らなかった」

「否定はしない。俺たちは未来が視える。だから、自分たちの望んだ未来を選ぶために、平気な顔をして他人を踏みにじる。今も昔も変わらない」

ひゅるり、と、夜風が吹き抜けた。

曇りのない金色の眼が、蛉を射貫く。いつも笑っている顔は、表情という表情が削《そ》ぎ落とされて、本当に陶磁《とうじ》人形のようだった。

「紫織子が生きる未来は、見つかったか？」

蛉は眉《まゆ》をひそめて、きつく唇を噛《か》んだ。寝る間も惜しんで、書庫の記録を漁ったが、紫織子の生死に触れるものはなかった。

その度《たび》に、彼女の命が軽んじられている気分になった。一族にとって価値のない女の子だから、彼女の生き死にには記録する価値がない、と突きつけられるようだった。

「だろうな。そんな未来は、存在しないのだから」

「なに、言って」

「蛉。あの子のために、死んでくれるか？」

言葉の意味を考えるよりも先に、勘付いてしまった。

「僕が死ねば、紫織子が生きるの？」

蛉は未来視の眼を持たない。兄が視て、選び取ろうとしている未来を、本当の意味で理解することはできなかった。

だが、兄の未来視を記録していたからこそ、察してしまうこともある。

「虫籠《むしこ》で、紫織子が燃える」

「知っているよ。黒焦げになるんだろう？」

「近しい未来のことではない。あの子は、俺たちと同じくらいの年頃だった」

十八歳の自分たちよりも、紫織子は五つほど幼かった。兄が視たという紫織子の死は、今から五年ほど未来のことなのだ。

「覆《くつがえ》すことはできないの？　直近ではなく、五年後だよ。君ならば、いくらでも未来を変えることができる。欲しい未来を選ぶことができる！」

蛉が発破《はっぱ》をかけたとはいえ、最近の兄は、異様なほど多くの未来を視ていた。

一族の者たちは、兄が一族の繁栄《はんえい》のために精を出していると勘違いしたようだが、実際は違うはずだ。

紫織子の死を回避するために、紫織子の生きる未来を探していたのだろう。だが、神の視界を盗み見て、未来を視るほど、兄は絶望したのかもしれない。

「僕が死ぬこと。それだけが、紫織子が生きる未来に繋《つな》がった？」

兄は何も語らなかった。だが、蛉には伝わってしまう。兄は嘘をつかないまでも、都合の悪い真実を隠している、と。

「ああ、違う？　僕が死んだら、君と紫織子が生きるのか」

きっと、紫織子だけが生きる未来は、他にもあったのだ。だが、蛉が死ななくては、兄と紫織子が、二人一緒に生きる未来はなかった。

「蛉。俺たちは二人でひとつ。血を分けた弟として、お前のことは大切に想っている」

兄は呆気《あっけ》なく、繋がれていた手を放した。二人でひとつと言うが、いまの二人は、永遠に近づくことができないほど遠かった。

「僕だって、君のことを特別に想っていたよ」

「紫織子と同じくらい？　いや、あの子には敵《かな》わないな。あの子こそ、お前にとっての特別だ。恋をしているのだから」

「……なんだ、気づいていたの」

意外だった。この男は、蛉のことなど、自分と同じ人間と思っていなかった。だから、自分と同じように、あの子に恋をするとは想像もしなかったはずだ。

「手紙を読んだ」

「今さら？　紫織子からの手紙を読むばかりで、僕が何を書いたのかなんて、気にしたことなかったくせに」

ふと、甘い花の香りに混じって、墨《すみ》の香りがする気がした。何処にも行けない牢獄《ろうごく》で、墨を磨《す》っては、筆に想いを乗せた日々があった。

蛉は、紫織子の声すら聴いたことはない。面と向かって話したこともなく、遠くから姿を見たことがあるだけだ。

それでも、手紙を通して恋をした。美しい貌《かお》も、未来を視るための眼も、何もかも持たず生まれた蛉にとって、紫織子の綴《つづ》ってくれた言葉だけが救いだった。

あの子が蛉のことを知らなくとも、かけがえのない恋だった。

「どんな恋文《こいぶみ》よりも情熱的だった」

「僕たちは双子だよ。君が、あの子を想うのと同じくらい。僕だって、あの子のことを想う。そんなの当然だろう？」

同じ胎《はら》から産まれたのだ。同じように、同じ女の子に恋をしただけ。

とん、と軽く肩を押された。長年の幽閉のせいで、棒切れのようになった身体《からだ》は、実に簡単に倒れてしまった。

覆《おお》いかぶさった兄の手が、首にかけられる。

同じ顔をしていても、やはり兄と自分は違う生き物だった。兄の力は強く、蛉のことなど簡単に組み伏せてしまう。

遠い夜空で、弓なりの月が嗤《わら》っている。虫けらみたいに転がった蛉を、嘲笑《あざわら》い、見下ろしていた。

螟蛉《めいれい》。

青虫を意味する言葉であり、次期当主たる八塚螟は、その言葉から一字を取って名付けられた。それが表向きの話と知るのは、一族の中でも限られている。

どうして、螟蛉という完璧《かんぺき》な名ではなく、螟という欠けた名前だったのか。

螟蛉とは、同じ胎から産まれた双子の名前だからだ。二人の名前は、二人そろって、はじめて本来の意味を持った。

美麗《びれい》で、未来視の眼に優れた兄を、螟《めい》。

醜悪《しゅうあく》で、未来視の眼を持たぬ弟を、蛉《れい》。

(螟と僕。同じ胎から、同じときに生まれたのに。こんなにも遠い)

蛉は、蝶のように美しい兄に成りたくて、成りたくて堪《たま》らなかった。醜《みにく》い青虫のまま、羽化することもできず死にたくなかった。

美しい蝶に成らねば、あの女の子を手に入れることはできない。あの子と一緒に、幸福のうちに死ぬことができない。

頰《ほお》を伝った涙は、息苦しさによるものか、それとも哀しみによるものか。

蛉は青虫だった。地を這《は》うばかりの虫けらだから、踏みにじられるしかなかった。虫けらとして生まれた命は、虫けらとして死にゆく。

花園の中心で、約束を交わした恋人たちがいた。死ぬときは一緒。そんな痛ましい約束でありながらも、このうえなく幸福そうだった。

兄は、あの子と一緒に死ぬことができる。この地獄で、いつの日か、幸福のまま心中するのだろう。

（僕は、独りきりなのに）

頭の奥で、張りつめていた糸が切れる音がした。

生まれたときから、兄はすべて持っていた。そのくせして、たった一人、蛉が欲しかった女の子まで持っていく。

痛い。寂しい。惨《みじ》めで、惨めで、くう、くう、と腹が空《す》く。

気づけば、蛉は懐《ふところ》に忍ばせていたペーパーナイフを振りかぶっていた。迷いなく、無防備に晒《さら》された兄の首筋を突く。

兄は避けなかった。従順な弟が反逆する未来など、視ていなかったのかもしれない。

一瞬とも、永遠ともつかぬ静寂のあと、赤い血が散らばった。

美しい紫の花々を穢《けが》すように、ぽたり、ぽたりと兄の血が滴《したた》っている。むせ返るような花蜜の匂《にお》いと、鉄臭《てつくさ》い血の香りが混ざりあって、頭の先から魂まで痺《しび》れるような酩酊《めいてい》感に襲われる。

花の褥《しとね》に倒れて、兄は唇を震わせた。けれども、声にはならない。蛉への恨み言か、はたまた最愛の少女の名前だったたか。

実に呆気なく、蛉の神様、蛉を支配していた兄は息絶えた。

「螟？」

名を呼んでも、物言わぬ骸《むくろ》は応えない。

ふらり、ふらり身を起こして、兄の遺体に手を伸ばした。

首に突き刺さったペーパーナイフを抜くと、てらてら光る、花弁のような肉が零《こぼ》れる。

まだらに赤い血を纏《まと》ったその肉は、陶磁器《とうじき》のように白く滑らかな肌に、驚くほどよく映えていた。

死に顔は、不思議なほど穏やかだった。まるで眠っているかのようだ。

死んでもなお、兄は美しかった。あまりにも美しくて、死んでからも、蛉とは似ても似つかぬ生き物だった。

同じ胎から、同じときに生まれた。同じ青虫だったのに。

螟と蛉は、あまりにも違う。きっと、羽化することを定められていた、美しい蝶に成ることを許されていたのは螟だけだった。

所詮《しょせん》、自分は醜い青虫だった。このままでは、永遠に美しい蝶に成れない。

だから、美しい人から、美しいものを得なくてはいけない。

兄の首筋に口づける。熟れた果実のような傷に、じゅるり、じゅるり、と音を立てながら、生温《なまぬる》い液体を啜《すす》る。

うっとりするほど甘い血に、ずっと感じていた空腹が治まっていく。くう、くう、と鳴いて、飢えていた心が満たされた。

(僕たちは二人でひとつ。同じ青虫だったのに。……君だけが幸せになって、美しい蝶に成るなんて許されない。僕だって、蝶に成りたい)

屋根裏の窓辺にいた、真っ白なサナギを思う。蛉が潰してしまった、羽化する直前だった命は、どろどろに融《と》けていた。

美しく成るためには、一度、融けてしまうしかない。

(あのサナギのように、どろどろに融けて。そうしたら、兄の身も心も、魂すらも得て。僕は、蝶に成れるのかな)

その存在を確かめるように、兄の遺体に触れる。上着のポケットから、オイルライターと、小さな酒瓶《さかびん》が落ちてきた。

堪《たま》らず、蛉は唇を噛《か》んだ。

死んでくれるか？　そう言った兄は、どのような未来を視《み》たのか。

この結末を知っていたから、このような物を用意したのか。それとも、すべては偶然であり、弟に殺される未来など知らぬまま、命果ててしまったのか。

血に濡れた唇を拭《ぬぐ》って、蛉はオイルライターに火を点《つ》けた。よほど度数の高い酒だったのか、酒瓶の中身をばら撒《ま》けば、兄の遺体は燃えあがる。

炎はあたり一面の花々を巻き込んで、瞬《またた》く間に大きくなった。

紫織子が死ぬ。黒焦げになる、と兄は教えてくれた。五年後、彼女は虫籠《むしこ》で燃え尽きるはずだった。

その未来は、きっと回避できたのだろう。虫籠で黒焦げになるのは、紫織子ではなく兄なのだから。

（どうして、僕たちは二人で生まれてしまったんだろう?）

二人で生まれてしまったことが、最初から間違いだった。

だから、この炎で兄を融かして、どろどろになった兄と、ひとつになろう。

サナギとなった青虫が融けてしまうように。ふたり融けあったら、ふたり同じ蝶に成れるはずだ。

何処《どこ》かで、蛉には見えない蝶々の、神様の羽ばたく音を聞いた気がした。

虫籠が燃えて、蜜を湛《たた》えた花々が消えたら、きっと神は去るだろう。そうしたら、この先、一族の者たちが未来視を行うことはできない。

そうなってくれたら良い。神など消えてしまえば良かった。

不幸だった。

この家に生まれたこと、虫けらのような神様の血を継ぐことが、蛉たちにとって一番の不幸だった。

5.

虫籠を炎に沈めると、蛉は夜のうちに姿を晦《くら》ました。

兄を殺してしまった今、一族に残り、紫織子を守る術《すべ》はない。だから、恋人を亡くし、取り残される紫織子のために、《先見秘録》の書庫に偽りの未来視を記した。

彼女を守るために、嘘をひとつ、残すことにしたのだ。

――紫織子の死こそ、一族の亡《ほろ》び。

兄の振りをして記した偽りの未来視は、きっと彼女を守ってくれる。

虫籠が燃えて、神がいなくなったならば、一族は未来を視ることができない。蛉が遺《のこ》した未来視の真偽など、神がいなければ確かめようがない。

一族の亡びを恐れて、誰も彼も、紫織子を生かそうとするだろう。たとえ、もう二度と目にすることはできなくとも、彼女が生きてくれるならば良かった。生きてさえいれば、いつか幸せになってくれると夢を見た。

紫織子の幸福を祈りながら、外の世界で、蛉は五年の歳月を過ごした。時折、八塚の情報を得ながら、彼女の健在を確かめた。

その過程で、蛉は虫籠の再建が行われていることを知った。

五年前の火事では、虫籠のすべてを燃やすことはできなかったのだ。神を留めるための蜜花は少しばかり難を逃れて、虫籠は以前の姿を取り戻そうとしている。

虫籠が元通りになれば、神は戻り、未来視は再開される。

紫織子の死が一族を亡ぼすという、蛉の嘘が明るみになってしまう。彼女が殺されてしまう。

(僕が、あの子を守らないと)

彼女の恋人を殺したのは蛉だ。だから、蛉こそ、紫織子を幸せにする義務がある。

蛉は確かめるように、自らの顔に触れた。蛉の顔には、左半分を覆《おお》うように、火傷《やけど》にも似た痣《あざ》がある。生まれつきの醜《みにく》い痣は、兄には存在しないものだった。

だが、兄が焼死した今ならば、火傷のような痣は兄の証《あかし》となる。もしかしたら、蛉が虫籠に火をつけたのも、この未来のためだったのかもしれない。

五年間、ずっと疑問に思っていた。死人に口は無いと知りながらも、死んでしまった兄に問い続けている。

兄は、いったい何処までの未来を視ていたのか。

（螟。君も一族を憎んでいた？　君は何でも持っていた。何でも持っているから不自由で、何処にも行けなかった。未来を視るしかなかったんだから）

兄が望んだのは、ごく普通の幸せだったはずだ。好きな子と、地獄で心中するような約束を交わすのではなく、穏やかで平凡な日々を過ごしたかっただろう。

そのためには、未来視の神も、その血に囚われた一族も、何もかも要らなかった。誰よりも恵まれていた兄こそ、誰よりも八塚を亡ぼしたかったのだろう。

もう一度、灼熱《しゃくねつ》の炎に舐《な》められたかのような痣に触れる。兄が叶えることのできなかった願いを、兄と成って叶えよう。

そうして、兄の命日、蛉は五年ぶりに一族に戻った。

紫織子に会いに行くと、彼女は目を丸くして、花が綻《ほころ》ぶように笑った。焼死した恋人が、死者の国から還《かえ》ってきたと思ったのだ。

「螟」

呼ばれた名前は、やはり自分のものではなかった。

紫織子の恋人は、兄ひとりだけだ。蛉が蛉として、彼女の隣に並ぶ未来など存在しない。兄でさえ、一度たりとも視たことのない未来だろう。

羽化するように美しくなった少女は、背伸びをして、蛉に口づけた。

死者の国から、恋人が還ってきた。心からそう信じて、紫織子は身を預けてくる。瘦《や》せがれているのに、蛉を包むように柔らかな身体《からだ》だった。優しい温もりを感じながら、いつか絹のリボンを贈りたいと夢見た、射干玉《ぬばたま》の黒髪に頰《ほお》を寄せる。

血を分けた兄を殺した。紫の花咲く庭で寄り添った、幸福な恋人たちを引き裂いた。それなのに、ずっと欲しかった少女を抱きしめることができた今を、蛉は喜んでいる。

なんと醜い性根だろうか。

恋人を亡くし、孤独のうちに過ごしていたであろう、彼女の五年間を想像する。命だけは守られても、決して幸福な日々ではなかったはずだ。

そんな簡単なことに気づかず、のうのうと生きて、彼女の幸せを祈っていた。

(この子を自由にしよう。外の世界まで、飛び立てるように)

彼女を閉じ込める籠《かご》は、この一族であり、この家に在る神だった。すべてを失くさなければ、紫織子の未来は手に入らない。

殺そう。血の一滴さえ遺さず、忌《い》まわしい虫けらの血を殺さなくてはならない。

そうして、蛉は一族の者たちを手にかけていった。さして苦労することもなく、彼らは命を散らしていった。

自分が殺される未来など、彼らは想像したこともないのだ。

真っ赤な血に濡れた、自分の掌《てのひら》を見つめる。

血の繋《つな》がった者たちを手にかけた。産んでくれた母も、可愛《かわい》らしい弟妹たちも殺した。親どころか、弟妹にすら情は湧かなかった。

結局のところ、蛉の家族は双子の兄だけで、それ以外は有象無象《うぞうむぞう》に過ぎない。

有象無象どころか、自分を虐《しいた》げる敵でしかなかった。彼女たちの命を奪ったところで、少しも罪悪感はなかった。

五年前、唯一の家族であった兄を殺した。それ以外の人間を殺すことに、ためらいなど生まれるはずもなかった。

（ねえ、螟。未来の視《み》えない僕には、分からないんだ。……っ、答えてよ。あの日、君を殺して、虫籠に火をつけたことに意味はあったの？　この未来は、君が視て、選び取ろうとした未来だった？）

五年前の火事で、虫籠の神は一時的に姿を消した。その間、八塚の者たちは未来視を行うことができなかった。

だから、自分たちが殺される未来を回避できない。何も持たずに生まれた、蛉のような虫けらに殺される。

「みんな殺したの？」

誰も彼も殺して、最後、紫織子のもとに向かった。一族の亡びを覚《さと》りながらも、彼女の瞳には、蛉を責める色はなかった。

「さようなら、紫織子」

舌にのせた名前は、ひどく甘美で、ひどく胸を締めつけた。

6.

夏の夜空に、弓なりの月が昇っていた。

風がひゅるりと吹いて、庭を染めゆく花々を揺らす。

誰もいない虫籠は、恐ろしいほど静まりかえっていた。甘い蜜花の匂《にお》いに混じって、神様の香りがする気がした。

錆《さ》びついたオイルライターを取り出して、虫籠に火をつける。あたりの花々を伝って、炎は瞬く間に大きくなった。

五年前、虫籠が燃えた夜を、昨日のことのように思い出せる。未来を視ることのできない蛉にも、過去のことならば分かるのだ。

未来と違って、過去は覆《くつがえ》ることがないのだから。

(これで、ぜんぶ終わり)

灼熱の炎が、あちらこちらで躍っている。ひらり、ひらり舞う火の粉は、蝶の鱗粉《りんぷん》を思わせる。蛉には見えない神様が、羽ばたいているのかもしれない。

「螟」

ぱち、ぱち、と炎が爆《は》ぜるなか、その声は不思議なほど良く聞こえた。自分の名前ではなく、兄の名だったからかもしれない。

紫織子の恋人は、八塚螟ただ一人なのだ。

たくさん交わした手紙も、彼女にとっては兄との手紙だった。兄からの手紙と信じていたから、あれほど嬉しそうに返事を書いてくれた。

「わたしのことは、殺してくれないの？」

「君を幸せにするために、君を道連れにするわけにはいかない」

「螟のいない此《こ》の世で、どうして、わたしが幸せになれるの？　あなたのいない場所は、ぜんぶ地獄なのに。……いいえ、違うの。あなたと一緒にいる場所が、地獄でも。わたし、螟がいるのなら、地獄でだって幸せになれるのよ」

彼女は微笑《ほほえ》んで、蛉の胸に飛び込んできた。

「燃えてしまうよ、何もかも。何も遺《のこ》らない」

「遺る必要があるの?」

「……僕は、君が幸せでいてくれるなら、それで良かったから」

「嘘つき」

責めるような、詰《なじ》るような声には、甘い響きが籠《こ》められていた。

嘘つき。彼女の言うとおりなのかもしれない。

この虫籠《むしこ》が美しかった頃、兄と彼女は、死ぬときは一緒と約束した。

あの夜の二人は、此の世で最も幸福で、最も祝福された恋人たちだった。兄も彼女も、その約束を心から喜んでいたのだ。

約束を交わした日から、ふたりは心中すると決めていた。あのときから、未来は定まっていたのかもしれない。

(螟。君の視た未来は、正しかったよ)

十八歳になった彼女が、虫籠で黒焦げになる未来に辿《たど》りついてしまった。

蛉こそ、彼女を死に至らしめる。好きな子を幸せにするどころか、終わりを齎《もたら》すことしかできない。

思えば、兄は一度たりとも、紫織子の生きる未来を探すとは言わなかった。蛉が勘違いしただけで、彼女が生きる未来など、最初から何処《どこ》にもなかったのだ。

紫織子は死ぬ。どのような未来を選んでも、必ず死を迎える、と兄は知っていた。

だから、彼女が幸せになる未来を選ぶと言った。

紫織子の幸福など、蛉が語るまでもなかった。愛する恋人と、この地獄で心中することこそ、彼女が望んだ幸せなのだ。

彼女は幸福のまま死にゆく。蛉のことを兄と信じて、兄との約束に殉《じゅん》じるのだ。

すべて兄の掌《てのひら》のうえだった。この未来を手に入れるためならば、兄は命など惜しくなかったのだろう。

愛する恋人を独《ひと》り占《じ》めにして、死んでもなお、彼女と心中できるのだから。

蛉は目を伏せて、決して離さぬよう少女を抱きしめた。

ずっと、この女の子が欲しくて堪《たま》らなかった。だから、美しく、誰にでも優しく傲慢《ごうまん》であった兄に成りたかった。

醜《みにく》い青虫のまま、羽化することもできず死にたくなかった。

けれども、結局のところ、蛉は醜い青虫にしかなれない。神様の子どもでありながら、美しい蝶には成れなかった。

あの日、サナギとなれば、美しくなれると思った。灼熱《しゃくねつ》の炎に片割れを融《と》かし、ひとつになれば、いつか美しい蝶に羽化できると信じたかった。

すべて叶わぬ夢だった。蛉は地を這《は》うばかりの虫けらとして生まれ、虫けらとして死にゆく。

そんな虫けらでも、たったひとつ。心から欲しかった女の子を道連れにすることは、許されるだろうか。

たとえ、双子の兄に向けられた、偽りの愛だったとしても。この子の愛に包まれて死ぬことができるのならば、他には何も望まない。

「わたしたち、ずうっと一緒よ」

愛する女の子を抱いて、この炎のなか燃え尽きる。

それはきっと、地を這うばかりの虫けらには過ぎた、このうえなく幸福な地獄だった。

※この作品はフィクションです。実在の人物・団体・事件などにはいっさい関係ありません。

集英社オレンジ文庫をお買い上げいただき、ありがとうございます。
ご意見・ご感想をお待ちしております。

●あて先
〒101-8050　東京都千代田区一ツ橋2-5-10
集英社オレンジ文庫編集部 気付
東堂　燦先生

十番様の縁結び　5

神在花嫁綺譚

集英社
オレンジ文庫

2023年12月24日　第1刷発行

著　者　東堂　燦
発行者　今井孝昭
発行所　株式会社集英社
〒101-8050東京都千代田区一ツ橋2-5-10
電話【編集部】03-3230-6352
【読者係】03-3230-6080
【販売部】03-3230-6393（書店専用）
印刷所　図書印刷株式会社

ISBN 978-4-08-680531-5 C0193